有些日子，你总要自己撑过去

眷尔 孙玮 著

北京时代华文书局

图书在版编目（CIP）数据

有些日子，你总要自己撑过去 / 眷尔，孙玮著. -- 北京：北京时代华文书局，2017.4
ISBN 978-7-5699-1481-8

Ⅰ．①有… Ⅱ．①眷… ②孙… Ⅲ．①故事－作品集－中国－当代 Ⅳ．① I247.81

中国版本图书馆CIP数据核字（2017）第056450号

有些日子，你总要自己撑过去
Youxie Rizi Nizongyao Ziji Chengguoqu

著　　者	眷　尔　孙　玮
出 版 人	王训海
选题策划	石乃月
特约策划	眷　尔
责任编辑	曾　丽　石乃月
装帧设计	蔡小波　王艾迪
封面插画	SUE　鲤琳
责任印制	刘　银　范玉洁

出版发行｜北京时代华文书局 http://www.bjsdsj.com.cn
　　　　　北京市东城区安定门外大街136号皇城国际大厦A座8楼
　　　　　邮编：100011　电话：010-64267955　64267677

印　　刷｜北京京都六环印刷厂　010-89591957
　　　　　（如发现印装质量问题，请与印刷厂联系调换）

开　　本	880mm×1230mm　1/32	印　　张	8	字　　数	184千字
版　　次	2017年5月第1版	印　　次	2017年5月第1次印刷		

书　　号｜ISBN 978-7-5699-1481-8
定　　价｜39.80元

版权所有，侵权必究

Contents

目 录

第一章　亲爱的，我来和你谈谈梦想

哪有什么一夜成名，只不过是百炼成钢　//　003
男姐的Zippo打火机和梦想才最配　//　011
不要在可以奋斗的年纪，选择了安稳的生活　//　019
哪怕梦门紧锁，小木匠却依旧执着　//　028
请端给那些卑微苟且的小小尘埃一碗鸡汤　//　037
二十六岁，我只有一杯咖啡请你喝　//　046

第二章　人生不弃，有甜有泪有回味

一个人的电影，也能品出味道　//　055
生命中，总有一些生猛的"女汉子"　//　061
给自己一场旅行，是与周边景物的约会　//　070
你的生存指南：硬汉停，软男行　//　076
世界那么大，装相给谁看　//　084
以梦为马，做个小卒，永不回头　//　093

第三章　回首，才能看见崭新的自己

　　人生最远的远方是再也回不去　// 103
　　看到你开心，我就一直笑　// 111
　　你为什么会慢慢变老，我为什么还来不及拥抱　// 118
　　来吧，我们去侃叔家吃面　// 125
　　总该有段回忆叫"哎哟，不错哦"　// 135
　　你的背包，它旧着依旧很好看　// 141

第四章　有个挚友，天南海北一起走

　　谁最在乎你，朋友圈是晒不出来的　// 151
　　别一说"缘分"就想到爱情　// 157
　　我犯二，那是因为我在乎你　// 164
　　闺蜜，闺蜜，闺而甜蜜　// 172
　　"土豪"，我们做朋友吧　// 179
　　生命里，那些和你唱反调的朋友　// 187

第五章　爱情是随缘，但不是不努力

　　我真想一不小心，与你共赴终老　// 195
　　谢谢你的一路风尘，只因爱情　// 204
　　别让异地恋太久　// 212
　　戒不掉的习惯只因为爱得太真实　// 220
　　多亏失去你，才让我遇见最爱的人　// 228
　　那些比说"我爱你"更炫酷的事　// 238

后记　生活就是一本书，这是属于我们的故事　// 247

第一章

亲爱的,我来和你谈谈梦想

人生长路,总需要执着于一寸微光,
哪怕是某一次被吹熄过,哪怕是突然之间被浇灭过。
若是有一天,我们有再次把它燃起的机会,
请别放弃,让我们再次上路,反反复复。
因为微光后,
梦想就是一个耀眼的太阳。

哪有什么一夜成名，只不过是百炼成钢

成名这种事，不同的人走了不同的路。

有些人拍马屁，拍得整个世界都臭气熏天，乌烟瘴气；有些人机关算尽，搞得每天都像活在深宫大剧里；有些人抱大腿，这辈子走在别人的旅程里，看着别人想看的风景。这些人将好多别人的成功秘诀烂熟于心，却恰巧忘了自己的节拍……

与其嫁接在别人的后花园里任生活践踏，不如浇灌自己，自己开自己的花，季节一到，蜂蝶自来。

白小沫算是一个特立独行的姑娘，想到哪儿就会做到哪儿，之前我俩还讨论未来的工作是什么，白小沫操着一口四川普通话对我说，她想去省台应聘做主持人。

"什么？主持人？"我的眼睛差点掉下来，那时的我可没当真。

可白小沫管你当没当真呢，她戴着瓶底厚的近视镜，捏了捏自己有些鼓出来的赘肉，对我坚定地点了点头。

没想到，毕业后她真的冲到了省台，站在考官面前。

自然，她这样土不啦唧的小胖妞，还操一口不标准的普通话，让全场

惊呆，主考官眨巴着眼睛，愣是半天没说话。

"老师，您问我问题的嘛？"白小沫一出声，所有人笑崩，她的普通话四川味儿太浓了，响彻全场。

"孩子，你知道这是在应聘主持人吗？"主考官是副台长，他一边摘下眼镜捏着鼻梁，一边低着头看资料。资料是白小沫手写的，为了表现诚意，昨晚她写废了一摞A4纸。

"晓得！"

"那你知道这是我们台的黄金档节目吗？"坐在主考官旁边的正是这档节目的当红主持人蓝天。

"我晓得！蓝老师我特别喜欢你，我爸喜欢你，我妈更喜欢你的嘛！"白小沫略显激动，声音越发高亢起来。

"谢谢，我也喜欢你。"蓝天实在憋不住笑，只好低下头。

"孩子，你知道做主持人首先应该具备什么条件吗？"主考官再一次戴好眼镜。

"知道！不怯场，胆子大！"白小沫不假思索。

"然后呢？"主考官又问。

"然后？"白小沫头微微仰起，露出了圆圆的双下颌，想了想继续说道，"然后就是好好干！"

全场笑翻在地。

主考官也笑了："好吧，起码态度是好的，年轻人需要这种态度。下一位！"

"老师你们会用我吗？"白小沫依旧站在那里问。

"别急，慢慢来。"蓝天看着面前的白小沫，就像看到了当年四处碰壁的自己，送上一句安慰。

一般这样的面试，基本是三秒死，白小沫坚持了半分钟，其中包括考官们开始时的石化时间，不过结果是一样的。

一周后，蓝天领着两名实习主持人刚录完节目走出直播大厅，就看见白小沫站在自己的办公室门口。

"白小沫？"蓝天对白小沫的印象颇为深刻。

"哥，我想进台里工作。"白小沫透过厚厚的眼镜片望着蓝天。

"可是应聘结束啦。"蓝天实话实说。

"可是我快饿死了。"

白小沫其实也是实话实说。毕业后，白小沫主动要求家里停止月供，自断俸禄，破釜沉舟了。

"如果再没得工作，我就得回老家了，这辈子就只能在电视外面看你们了。"白小沫双手插在灰色的运动服兜里，低头看着地面，这是蓝天第一次看见白小沫低着头说话。

"有些事，做看客更惬意，回家吧。"蓝天发出一声感慨。

"可是我不想当看客！其实我在电视台外面已经晃好几天了，每次都被保安拦在外面，每一次我都在想，难道走进这扇门有那么难的嚜？"白小沫咬着下唇，四川人骨子里的倔强正在隐隐散发着。

"白小沫，你的口语进步了。"蓝天忽然意识到了白小沫的这个变化。

白小沫像个被发现秘密的孩子，略带腼腆地说："我用最后的生活费报了一个普通话加强班。"

"要不你就从给我做助理开始试一试？月薪一千，食宿自理。可以吗？"这是蓝天唯一可以做到的，权当扶贫。

白小沫猛地抬起头，开始拼命地点头，厚厚的镜片后面闪烁出了一丝光芒。

就这样,白小沫算是离电视台近了,但什么时候能真正进入电视台,能拥有属于自己的办公桌,甚至是舞台,天知道呢。

白小沫这个特别的姑娘,没微博,没微信,只有一部黑色诺基亚,而且整天非常安静,蓝天问过,白小沫笑答高冷。

其实是朋友很少罢了。

是啊,跑在梦想的夜路上,孤独总会光顾你。

蓝天的两个实习主播,来头都不小,两个人平日里各自为战,彼此偶尔也是剑拔弩张,互看不爽。别说白小沫这样的屌丝女,有时连蓝天,她们也不放眼里。

两个实习主播的聊天内容大多围绕着谁家换了宾利,谁的纽扣上露出了香奈儿,昨晚又在夜店遇见了谁,大致都在攀比又认识了谁,或者和谁更暧昧。

当然她们也会聊到事业和梦想,但两句半以后就必定是"等我一炮而红了……""我一夜成名的话……"

完全一幅君临天下的小人画面!

蓝天有时也会凑到白小沫身边问她:"丫头!你要是一夜成名了,会不会不要你哥我了?"

"不会,我养你,哥!"白小沫一边说一边往嘴里扒拉自己带的盒饭。

"有你这话就够了。"蓝天鼻子有点酸,这么多年听惯了身边那些大义凛然的空话,冷不丁白小沫来这么一句粗陋的承诺,还真就不适应了。

"哥,我给你养老送终!"白小沫往嘴里塞着饭。

蓝天狠狠白了白小沫一眼,这时他才发现白小沫的饭盒里只有白饭和几根孤零零的辣椒,问道:"菜呢?"

白小沫用筷子指了指盒饭里的辣椒。

"你们四川人就这么和辣椒对命吗?这真是在用辣椒书写生命啊!"

白小沫咬了一口辣椒,然后大口往嘴里扒饭:"没办法呀,就一千块钱,去掉住地下室、挤公交车,基本就剩下买辣椒的钱了,还好辣椒最近不贵。"

"涨,涨,涨,必须给你涨钱!"蓝天大声说。

"耶!"白小沫险些把筷子扔到天上。

从那以后,白小沫有了吃菜钱,但是蓝天发现白小沫总是先给大家买完盒饭,最后才会去盒饭大姨那里买自己那份。

蓝天经常会看见白小沫捧着冷盒饭吃得满头大汗,他知道那是辣椒辣的,他也知道拖到最后盒饭变冷了,大姨才会半价兜售给她。

和两个实习主播比起来,白小沫要身材没身材,论相貌就更像是路灯和月亮的差别,都是发光体却相去甚远,如同她们都是女人,却完全不属于同一科目。

然而月亮虽然高高在上,却只是反射着不属于自己的光亮;路灯简陋却可以散发自身的光线,虽然微弱,却总是有温度的,有些路人还经常会被温暖到呢,只是路灯默默的,谁也不知道。

由于政策变化,蓝天的真人秀节目从两个小时的时长被缩短到了50分钟以内,时间段也从周末的黄金时段延后两个小时播出,收视率比股票跌得快多了,掉粉更是每秒都在发生。

两名实习主播看情况不妙,早早就撤出了节目组,转投了别的节目,继续学着人家去关注新款法拉利,继续迷恋限量版普拉达,继续她们的高谈阔论。

而白小沫继续当她的助理，继续天天屁颠屁颠地跟在蓝天后面，继续帮蓝天准备节目所需，继续打理着蓝天的日常生活，继续和别人说自己是川妹子，本来是很美的。

当然，节目冷淡下来以后，白小沫的时间也变得充裕起来，她开始学习剪片子，尽管笨拙；她开始注意饮食试着减肥，尽管离不开辣椒；她开始每周看一本书，两场电影，了解一些世界见闻。

所有人都知道"继续"的另一个名字叫"坚持"，"开始"则是"丰富"的昵称。

道理人人懂，却未必人人都能做到。

有一天，白小沫突然跑来找蓝天，兴奋地在他面前晃动着手里的一本小证书："哥，我普通话过啦，哈哈！"

当时蓝天正因为节目组预约的嘉宾从一线明星换成三流音乐人而大动肝火，局面非常僵。

"有屁用，有屁用！你记住，你就是个小助理！"蓝天突然指着白小沫发起火来。

白小沫被当头一瓢冷水砸得缓不过神来。

"你普通话过了是吧？你减肥励志是吧？你学人家剪片子是吧？来，这期你来，你不一直想上台吗？不一直做一夜成名的春梦吗？你来！"

说话间，蓝天就把白小沫推进了演播大厅。

演播大厅的舞台上只有白小沫和那个年轻的音乐人，白小沫不知所措地望着他，年轻的音乐人坐在沙发上更是一脸的局促不安。

下面是黑压压的观众，他们交头接耳地望着台上的两个人。

白小沫轻声对年轻的音乐人说："别紧张。"

年轻的音乐人拼命地点着头，眼睛里流露出一丝光芒，这一幕就像当初的白小沫。

其实白小沫比他还要紧张，她的手里还拿着那本刚刚考下来的普通话证书，它在手里不断地颤抖，最后全身都在跟着一起抖。

可想而知，那是一场非常失败的演播，白小沫连一句完整的表达都说不好，甚至开场白都NG了不知多少遍。最后观众笑着散去，白小沫坐在舞台边上，低着头，一盏追光打在她的头顶，良久不熄。

这一次，舞台真的就在脚下，可这么近，竟是那么远。

这是蓝天第二次看见白小沫低着头，他安静地坐在了白小沫的身边。

"哥，我做得很差，对不起。"白小沫噘着嘴，差点掉眼泪。

"小沫，哥对不住你，不该推你上台。"蓝天仰起头看向黑色的演播大厅顶篷，"不过，第一次，你能做到这样很不错了！"

不等白小沫抬起头，蓝天又说："为了弥补哥的莽撞，马上台里要举办的主持人大赛，哥给你报名了，好好准备，别给哥丢人！"

白小沫重重地点了点头，厚厚的镜片后面闪动着晶莹。

"你一夜成名了，可别忘了哥。"

"那要是没成名呢？"

"没成名，先成己！"

后来，蓝天离开了电视台，自己做起了传媒大咖，而白小沫正式被电视台录用，开始做实习主播，一档中老年的养生节目，尽管离一夜成名远到十万八千里，但是她一直在做自己。

三年后，一次机场的相遇，蓝天险些惊爆眼球，下巴掉在地上险些捡不起来。

　　面前的白小沫已经没有了那一身的赘肉，婴儿肥的胖脸蛋和双下颌也被精致的尖下颌取代，灰色的运动服也换成了职业装，普拉达春季新款，还有那副厚厚的眼镜片也不见了……

　　她真的换成了隐形眼镜，举手投足间那股学生气早就消失得无影无踪。

　　原来，她说得没错，川妹子本来就很美，美呆了！

　　很多人活在一夜成名的空想里，死在当下的每一步虚度中。

　　这世界上本来就没有一夜成名的童话，有的只是不断书写自己的日记，当一本日记被写满了，千万记得告诉翻日记的人——

　　对！这是属于我的故事。

　　对！这是属于我的人生。

男姐的Zippo打火机和梦想才最配

当火石摩擦之际,梦想带来了火光跳动,也许它注定抗不过凛冽的风,也势必顶不住雨水的戏谑,但是在这样的夜里,它有光,有温度,不是吗?

记得刚认识男姐那会儿,娇小柔弱的她趿着一双大拖鞋蹲在医药大学门口卖章鱼小丸子。

男姐之所以被大家叫男姐,因为其女汉子本色显露无遗,越是接触得多了,时间久了,你越会发现在她娇小柔弱的外表下流淌的全是女汉子的滚烫血液。

男姐天生一副伶牙俐齿,嗓门也高,所以章鱼小丸子卖得不好的时候,整条街都会听到她的声音。

男姐北漂来"帝都",历经苦难痴心不改,只为方寸梦想:成为最好的女脱口秀艺人。后来通过男姐,我认识了大嘴和嘘哥,他俩是男姐这支脱口秀团队的重要成员,也是仅有的两名成员。

大嘴是个很闷的人,人很内向,不喜交际,专门给男姐写段子,是团队的段子手,因嘴大,而得名大嘴。

大嘴的嘴真的是超大，他可以轻松吞下自己的拳头，简直叹为观止。

另外，他吃章鱼小丸子的方式和常人不同，别人按颗数吃，大嘴是按包，一包二十颗，一张嘴就是多半包，两口搞定一包，所以男姐每晚的章鱼小丸子总会留下两大份是非卖品，这成了大嘴的深夜食堂。

嘘哥则有点意思，他的名字就是因为有太多人对他竖起食指让他噤声，说出长长的一声："嘘——"

嘘哥的嘴从来都不停，就连吃饭都要一边吃一边说，就是人们常说的话痨。嘘哥在话痨界应该称得上霸主：典型的话痨晚期患者，识嘘哥，耳朵苦。

他是男姐的外联，平时兼顾助理工作，负责这支简陋的脱口秀团队日常工作。

男姐交朋友，坚信多条朋友多条路，所以平时仗义疏财，从不斤斤计较。但嘘哥告诉我，如此豪爽的男姐也有一样东西从不外借，那是一款老式Zippo打火机。

"不对啊，男姐不是不抽烟吗？"我困惑地看着嘘哥。

"有时候打火机不一定和烟草最配哟，知道因为什么不？"嘘哥笑得颇有深意。

"别卖关子，快说。"我最讨厌讲故事的人故意给我设悬念，埋伏笔……

世界那么大，挖坑给谁看？

于是，我在嘘哥那儿知道了一个关于男姐的故事，炫酷又苦涩……

几年前，男姐离开了家乡，她放弃了县城电台一份稳定的播音工作，告别了如胶似漆的甜蜜爱情，偷了被老妈藏起来的身份证，从此踏上了北漂的不归路。

在车站，她留给男朋友一个微笑后扬长而去，头也不回，不敢转身，因为太舍不得，因为已经泪流满面。

她踩在家乡的月台给了身后的男朋友一个背影，电话里和自己的闺蜜说："混不好，我就不回来了！"

闺蜜在电话另一端笑着哭，说了句："死鬼，混不好你也是我的英雄。"

听嘘哥说，他认识男姐的时候，她的手里就经常摆弄着一款年代久远的老式Zippo打火机，上面雕刻着一枚巨大的指南针图案，是当年一款限量发售的纪念版，名字叫"航海日志"。

在指南针图案的上方写着一句葡萄牙语，意思是：有梦就不会迷失。

据男姐说，这款打火机价格不菲，是男姐的爷爷送给男姐老爸的，两代人一直爱不释手。临行前，老爸把打火机给了男姐，老爸告诉男姐："梦想就是追逐的代名词，它和现实只是一个坚持的距离，追梦的人生从来不会迷失，不会错。"

打火机到了男姐手里，依旧爱不释手，成了男姐的梦想助燃机，勇气加油站。

所以，她从来没用它给嘘哥点过烟，别人连碰都不可以。

男姐的脱口秀是在网上发布的，点击量还不错，有稳定的收听基数，而且与日俱增，但是是全免费的，无收益。平时只能靠男姐和嘘哥联系一些小的赞助商，小商户运营并不稳定，所以经常出现资金链断条的情况，男姐、大嘴和嘘哥三人的小团队日子过得朝不保夕，有上顿没下顿。

北漂的日子苦是苦，还好三个人的热情和斗志都在，彼此鼓励中艰难前行。

后来嘘哥和大嘴渐渐发现，每当男姐深沉时，想家了，想男朋友了，想闺蜜了，总之心情不爽了，她的手里总会不停摆弄着那款"航海日志"打火机。

它是另一个男姐，知道男姐的所有心事，更懂得梦想对男姐的意义。每次金属上盖打开的那一刻，一声清脆的金属声像是一次对前路的发问，火石摩擦之际，带来了火光跳动，也许它注定抗不过凛冽的风，也注定顶不住雨水的戏谑，但是在这样的冷雨夜里，它有光，也有温度。

合上金属上盖，再一声金属碰撞干净利落，重拾勇气与信心，再次上路。

在北漂的日子里，男姐就是这样，一次次在现实的冷雨夜里撞得狼狈不堪，等到第二天旭日东升又一次重装上阵。

最难的一次，出现在了年底。

眼看年关将至，嘘哥和大嘴特别想回家过年，这对漂泊在外的人来说一直是个触手可及又遥不可及的梦。

他们想回家告诉父母，告诉发小，告诉那些曾经怀疑自己的人，他们的脱口秀很火，他们这一年过得有模有样，充实得像励志国王。

但是，他们知道，有模有样的是内心憧憬，穿着打扮依旧褴褛；充实的是精神世界，现实处境依旧窘困空虚；他们的脱口秀节目是挺火，但是依旧没有稳定的收入、可靠的资金赞助。

再这样下去，年底的特别节目都没办法完成，他们连回家的车票都买不起，又何谈衣锦还乡的优越感。

而又在这个节骨眼儿上，男姐的男朋友打来电话，催男姐回家，想借春节这个机会去见父母，也算是给同样漂泊的爱情一个着落。

男姐一咬牙，年必须回家过，但节目也必须做下去，不然这个小团队的回家过年就真的成了回家过年，就此后会无期。

大嘴平时不说话，沉默到没有存在感，食不言寝不语的生活习惯在大嘴身上被贯彻到了24小时，可那天晚饭的时候，他和男姐说了好多，大概是太久不说话，说起话来都是笨笨的，完全没有段子写得那么得心应手。

他和男姐说，他可以晚上写段子，白天去商场吹气球，现在年关，各大商场用气球的量特别大，吹一个两毛钱，自己嘴大，特别能吹。说完他嘿嘿嘿地傻笑。

他又和男姐说，他想去附近一个劳务市场做油漆工，他说自己食量大，那里薪水超低，但是一般中午饭都管够，吃饱了就吃不垮男姐，性价比多高，而且油漆味有遏制食欲的奇效，晚上也不会吃那么多了，多好！说完，又开始嘿嘿嘿地傻笑。

男姐听得眼泪止不住，手里的打火机不停翻转，机身上指南针一直闪耀着，它指向一个方向，从未改变过。

那晚嘘哥突然变得好沉默，他把那张巨大的脸埋在饭碗里，一个劲往嘴里扒拉米饭，也不和大嘴抢菜吃了，就那么举着碗往嘴里不停扒饭，眼泪那么咸，就不用夹菜了吧！再说，嘘哥想好了，多吃点，好有力气去搬砖，以前都是调侃，现在他决定动真格的了。

可最后大嘴没去吹气球，也不用做油漆工来遏制食欲，嘘哥也没有去搬砖，因为在第二天早上他们醒来的时候，枕头边各自放着一个信封，打开，里面装着整整齐齐的一沓钱。

嘘哥和大嘴彼此对望一眼，然后超级默契地抓起对方的手就是一口——啊！真疼，这竟然不是梦！

他们去找男姐，男姐正坐在门口，仰着头，一只手遮在眼眉前，另一只手丈量着阳光，那是自己到蓝天的距离，就像梦想和自己的距离。她笑着告诉大嘴和嘘哥："瞧呀！伸伸手就能够到天！"

大嘴和嘘哥同时反应过来，大喊："男姐，你的Zippo呢？"

男姐向天空深深吸了一口气，笑着转头，手一摊："让我抵给寄卖行啦！"

那天早上，大嘴和嘘哥出奇的神同步，两个人不约而同转身往门里挤，差点把门框挤掉。他们从屋里拿出信封，嘘哥一边往男姐怀里塞一边说："去，去，去，赎回来，谁稀罕你这么点破钱。节目的事咱们一起想办法，今年我们俩不回家，给你看着大本营，你回，你自己回，犯不上当打火机，赎回来！"

大嘴的嘴太笨，只会一个劲点头，附和嘘哥。

男姐告诉两个人，安心收钱，全心做节目，寄卖行的老板她认识，答应她七天之内，可以拿钱赎回来。

她还告诉两个人，自己最近正在谈一项大赞助，钱一到位，马上赎打火机，回家相亲！

三天后，节目顺利完成，两天后上传，反应还真不错，可依旧全免费，无收益，而且听众还有纪念品可以拿。

再一天后，大嘴和嘘哥踏上了回家的火车，虽然挤到喘不过气，但是脸上都笑开花了。

第七天，嘘哥和大嘴都给男姐打过电话，问男姐打火机和回家相亲的事。

男姐对着电话打响指,她说火机打手,让他们听。

她还说自己也在火车上,人真多,烦死春运,爱死回家的路,真是纠结。

三个人达成共识,笑着拜了个早年。

其实男姐压根没有什么可谈的赞助商。那年春节,她一个人躲在北京的地下室,煮了半袋速冻水饺,看着别人家烟火绽放。男朋友的短信也不是新春贺词,而是三个字:分手吧!

北京那晚寒风凛冽,冻得人眼球都快碎了。

但这也不是一个一无所获的春节,借着春节的机会,男姐开始练摊卖章鱼小丸子,还挺火。

这确实不是一个一无所获的春节,对于男姐的人生,这是巨大的财富收获。

现在男姐还会时常想起那枚爱不释手的老式Zippo,它叫"航海日志",上面是巨大的指南针图案,总是指向一个方向,从未改变。

我想起了嘘哥的那句话:"有时候打火机不一定和烟草最配哟!"

是呀,男姐的Zippo和梦想最配呢……

歌曲《咸鱼》里有这么一句话:我没有任何天分,我却有梦的天真,我是傻不是蠢,我将会证明用我的一生……我如果有梦,有梦够疯,够疯才能变成英雄。

很多人会说,成功和失败不那么重要,更重要的是坚持做自己,比更重要还要重要的是,失败只属于过去,成功就在明天等着你。

我们始终要相信,明天的到来是谁也阻挡不了的,也许到了明天就成功了，那么曾经心中那一簇未熄灭的火苗，它会是最宝贵的财富，受用终生；也许明天过去了依旧在失败中徘徊，那么心中的那团火花是否依旧在不断迸发，它会成为黑暗中最好的路引……

所以别怕，有梦就不怕那些暗淡无光的岁月，因为梦想是有光、有温度的，它才是我们真正的心跳……

不要在可以奋斗的年纪，选择了安稳的生活

小琳是我的闺中密友。

大学的时候我俩睡在对铺，睡不着就唠一晚上嗑，从天文地理聊到回忆青春，话题一个接一个，像是一场不插电的音乐会，还真有点一任点滴到天明的感觉。

可有次晚上，我们原本热烈的聊天忽然中断，彼此对望良久，不经意间竟潸然泪下。

"最怕你这种软妹子，动不动就以泪洗面，怎么着，哭这事儿也会上瘾是不是？"我说。

小琳一直是个感性的人，我望着她左眼眼角下的那颗泪痣。

"别总说我，你那眼睛里流出来的是一汪汪的臭汗吗？"小琳一边抹着眼泪一边调侃着我。

我这才一抹脸，发现手上全是泪。

小琳看见我抹眼泪的模样，听见我啾啾的鼻息，顷刻间哭得更是厉害。

那时我以为，人是不会变的。

小琳永远是个哭哭啼啼的软妹子，我永远是个爱要强爱争锋的女汉子。

然而毕业踏入社会,我才知道,原来一转眼,一切竟然恍如隔世。

小琳是一个"穷三代",爸妈没有实力给她"铺路"让她扶摇直上九万里,一切都靠她自己那双稚嫩笨拙的小翅膀往上摸爬。

于是毕业那年,她混在毕业大军中,像一只蹩脚的丑小鸭,义无反顾地投入了人才市场的漩涡。简历满天飞,期望碎一地,那残喘的梦想也被现实撞得面目全非。

而我因为父母的安排,回了老家,去了一家国企单位。我和小琳也就在这样彼此熟悉又陌生的时间里渐行渐远,慢慢少了联系。

人与人的关系总是这样,聚时如火,肝胆相照;分开如尘,江湖难见。

生活就像孤凉的夜晚,散若繁星,我们只能隔着上万光年遥相对望,虽然记忆可追溯,但想拥抱取暖却只恨鞭长莫及。

我在国企的日子非常稳定,稳定到甚至可以看见自己最后寿终正寝的样子。稳定的朝九晚五,同事们之间千篇一律的聊天内容,讨论的无非是昨天吃了些什么,要么就是抱怨谁的老公又蠢蠢欲动,行为不检……

同事劝我赶紧找个男朋友,然后结婚生子,过女孩子该过的贤妻良母的生活。

他们眼中的幸福生活,在我眼中却如同一部失败俗套的黑白默片,机械重复,而我就像是一只搁浅的鲸鱼,被推到海边,奄奄一息地张着嘴大口喘气,直到最后窒息地臭死在海边。

在这枯燥寡味的职场生活里,我开始怀念起了原先有小琳的多彩的大学生活。

那刻,我很想问问小琳,她现在身处何地?过着怎样的生活?

一年后的同学聚会，大家都异常兴奋，所有人都如约而至，这是毕业后大家的第一次相聚。

我身着一袭得体的连衣裙刚入座，瞬间引爆全场。

"梦哥？这是我们大学那个金刚梦哥吗？"

"我了个苍天呐，原来梦哥你是女生啊！"

"梦哥，你和我们说说，你是什么时候去的泰国啊！"

在老同学的玩笑中，我如坐针毡。

的确，大学时的我从来不穿裙子，是个血统纯正的女汉子，泡在篮球场和男生一对一斗牛，扛着水桶往来女寝与水站之间丝毫不输须眉半分，总之男人做的事，我也不屑，那股子彪悍劲儿在我身上表现得淋漓尽致。

而步入职场后，似乎所有棱角早已碾进岁月和过往的青春中，一去无返。

国企里的同事们除了做好自己的本职工作外，似乎将心思全部放在了穿衣打扮上，而我受着这种"文化氛围"的熏陶，衣着鲜丽，妆容得体，这似乎是这么些年来除了眼角的细纹以外最多的收获了。

那天，小琳是最后一个到的。

她因为公事出差，赶火车风尘仆仆地来到了大家面前。

她一看见我，既兴奋又诧异："哇哦，梦哥，你真的是梦哥吗？原来你这么美呀！"

"哪有！"我被她这么一夸，心中升起丝丝得意。但小琳仍然是大学时代的打扮，简单的格子衬衫，紧身牛仔裤，休闲的帆布鞋，只是稚气早已从脸上褪去，多了一份干练与从容。

我不由得多嘴说了句："今天日子这么特殊，你也该好好打扮一下吧！"

小琳不以为意，对我报以微笑，她拉着我，眼神中流淌着牵挂："好久不见，你过得怎么样？"

"就这样吧……没什么大变化，你呢？"我反问。

小琳仿佛忽然回到那个大学时代，那时的她就连在路上遇见帅哥都会兴奋地回来和我汇报一番："这一年，我几乎走遍了中国，偶尔会去欧洲，我走了好多路，遇见了好多人，一路艰辛，但也算收获满满。"

小琳的脸上洋溢着一种清澈真实的幸福和满足感，那是完全不同于当下女孩们得到一款限量款包包或者奢侈品时的感觉的，我能感受到那种气质上的悬殊。

小琳在我耳边低声私语："最近，我在日本静冈县选了一处小木屋，小是小了点，但是它坐落在竹林深处。放年假的时候，我会断掉所有通讯，去那里偷得几日闲，写写字，画会儿画，有时什么也不干，就躺在木屋的地板上，静静地等着清风来，它会吹响竹林里所有的叶子，那声音就好像可以把人的灵魂轻轻唤离身体，飘得好远好远，那是一种离自己很近，离世界很远的感觉。"

我听得入神，好像身临其境。

"那时候我在想，如果你在我身边该多好……"小琳的眼睛闪着光，滔滔不绝，这样的感觉太熟悉，好像我们又回到了当初在学校唠嗑的时光。

只是眼前的小琳让我对职场生活打了个问号。职场，不该是很平淡枯燥的工作吗？而职场生活，不该是自己做好自己的本职工作就好了吗？还可以有别样的生活吗？

正在我恍惚的时候，同学拉走了小琳。她俨然成了当天聚会的明星级嘉宾，这和大学时代那个默默无闻、泯然众人的普通得不能再普通的内向姑娘简直是判若两人。

原来，毕业后小琳随着许多毕业生一起，在茫茫人才市场求职，寻找靠谱的工作，可屡屡受挫。像小琳这样的毕业生太多了，没有工作经验，没有一技傍身，哪个公司愿意聘用？

可小琳不甘心，她继续努力寻找，功夫不负有心人，她应聘成为一家日企的实习销售。

他们销售的是一款平时生活里基本上用不到的建造师软件，这个软件是装载在大型的建筑工地里，用于勘测地基和监控建筑实施情况。

正所谓，隔行如隔山。

这对于刚刚毕业，还不是建筑专业的小琳来说，简直是难以想象的任务。

而销售方面，顾名思义，是要靠业绩说话，靠拼劲闯天下。

三个月的实习期太长，有很多和小琳一样的毕业生都吃不了苦，纷纷提出了辞职。

小琳是典型职场菜鸟，而且又是门外汉，所以是最不被看好的那一类人，就像被遗忘在小角落里的待报废品，在公司毫无存在感。

用小琳的话来讲就是："我知道没人看好我，甚至有一次主管直接当众指着我的鼻子喊，实习期一过就让我卷铺盖滚蛋。我很害怕，我不想又一次出现在偌大的人才市场大厅里，然后被忽视到分分钟想哭。那时候我什么都没有，连地下室都住不起，只剩下自己孤身一人，苟且于温饱也成了一种奢望。"

小琳一咬牙，心一横。

她做出了很多女生想都不敢想的决定，她花了一个半月的时间，和一些农民工混在一起，和他们一起吃饭，一起施工。

白天她戴上了安全帽，穿上了工地服，行走于施工现场，了解钢筋结构，熟悉建筑理念，整天跟在工头后面偷学不同的图纸与施工之间关系，晚上她再将学习到的东西对照进建造师软件中，笨拙地一笔一画认真地记载下来。

由于长时间不注意保养身体，以至于有一次来例假，疼得她生不如死，豆大的汗珠一颗颗掺着泪水落在面前的图纸上，最后竟然眼前一花，昏在了办公桌上，等她醒来的时候，公司早已空了，根本没有人注意到她。

那个深夜，她走出公司，错过了末班车，她也没钱打车，只好一个人披星戴月地走在四下无人的夜路上。她一边走一边哭，就这样回到了自己住的地方。

那晚，在卫生间的镜子前，看着自己狼狈落魄的样子，本以为自己会大哭一场，可是万万没想到，自己竟然流着眼泪笑出声来。

原来她发现自己的左脸上印满了蓝色的设计图，她想一定是自己脸上的汗水和泪水拓湿了桌上的图纸，于是现在像被人在脸上做了一个大花脸刺青。

是啊，对于每个奋斗和努力的姑娘来说，那段日子是一幅最美最炫酷的文身作品，它将永远雕刻在自己的生命里，最终成为最值得炫耀的人生标签。

小琳说，辛苦是必需的，因为这是成就一个人的必需品。

听到这里，同学们都纷纷鼓起了掌，而我在这掌声中却流下了泪。

这眼泪来得莫名其妙，大学里最要强的是我，最爱哭的可都是小琳啊，如今仿佛角色互换了。

她的泪痣在灯光的照耀下特别耀眼，但她再也不像个孩子一样哭泣了。

哭是孩子做的事，长大成人后他们开始将这眼泪咽进肚子里。

因为，尝到了眼泪的苦，方知生活的甜。

经历过这一切的小琳，剩下的就是等待若遇风雨化作龙的那一天。

她早已将整套建造师软件的来龙去脉熟记于心，整装待发，开启了她的销售之路。

她以施工工厂为点，掌握了投资的建筑单位，再由这些单位入手，推广她的建造师软件。

她深知自己的口才还不到位，屡屡碰壁迫使她努力打磨自己的"金嘴"，她将自己的所有时间、所有精力都投进了她的事业里。

她明白，此刻，她什么都没有，只有一腔热血，和正在经营的事业。

三个月实习期很快过去，公司里的老同事们准备着和她好聚好散时的腔调和说辞，有些人甚至准备好了一番揶揄，当然也有人轻蔑到连看她一眼都懒得看，好像一切都已经盖棺论定。

而小琳却上交了一份漂亮的成绩单，让她的主管对她刮目相看：在一个月时间里，完成了两笔销售订单，将公司整个月的销售额拉高了5%，她的提成也足以让她不干活白吃三个月。这一切让一个似乎注定成为笑话的姑娘摇身一变成了公司的传奇。

我们的生活不也这样吗？

成为笑柄还是传奇，主角都是你，但不同的是你选择举手投降还是举火烧天。

她的努力，让所有人都看在眼里，她的成绩，也自然引来了老板的橄榄枝。

老板是个日本人，深知她业务能力卓越，外语水平也不错，渐渐地，翻译、销售、洽谈都交给她全权负责，公司里慢慢流传出这样一句话：外事不明问小琳，内事不明找琳姐。

这就是我们面前的职场先锋琳姐，那个曾经行走在公司里却毫无存在感的小琳姑娘，那个大学时代连走路都要躲在我后面的小琳同学。

如今，我甚至都不知该如何面对这昔日最好的闺蜜。

大学里，我学习成绩名列前茅，文体活动也一概不落，可却在这庞大的社会职场里越走越迷茫，而这刻我才明白，不是职场太平淡枯燥给不了我要的生活，而是我甘于如此安稳，如此两点一线，过着"就这样吧"的生活，还以为所有人和我一样，自我了断了一颗奋斗的心。

我想起刚刚重逢时，我还不满小琳的衣着朴素，不满她对我们这个聚会一点也不上心，此时想来，她的确是上心了，而我也在这儿，将这一幕狠狠记在了心里。

不是所有穿着华丽的人，都有着华丽的资本。

也不是所有简单朴素的人，都想过简单朴素的生活。

恰恰是，那些现在变得简单朴素的人，他们的内心世界和生命里都已经变得丰富且强大到你想象不到的地步。

你看，小琳正在她的职场里一步一步踏实地向前走，她正用她的努力给自己一个更好的未来，也在用她的经历警醒着我，未来不止苟且，年轻才是本钱。

职场里，难免有尔虞我诈，难免会力不从心，但请千万记得，每一个未来都应该由一点一滴的不辜负的现在组成，它们一点一滴，最后水滴石穿，未来的光芒自然也就照进了现实。

如今，你不是该过柴米油盐的年纪，所以请别急着进入柴米油盐的日子。

我忽然想起凯鲁亚克《在路上》那本书里的一段话:"我只喜欢这一类人,他们的生活狂放不羁,说起话来热情洋溢,对生活十分苛求,希望拥有一切,他们对平凡的事物不屑一顾,但他们渴望燃烧,像神话中巨型的黄色罗马蜡烛那样燃烧,渴望爆炸,像行星撞击那样在爆炸声中发出蓝色的光,令人惊叹不已。"

你始终要清楚,就在你将生命过得苍白之时,一定有些人在全力狠拼。

对了,凯鲁亚克还说过一句话:"永远年轻,永远热泪盈眶!"

此刻,我也终于明白,那年那个青葱岁月的夜晚,我和小琳为什么会相视落泪……

哪怕梦门紧锁，小木匠却依旧执着

我有个朋友，人长得瘦小，却独爱木匠工作，大家都叫他"小木匠"。

小木匠特立独行，在自己的木匠小世界里任性玩耍，让我对他特别关注，甚至觉得他万分可爱。

小木匠常常窝在自个儿家做小板凳，一个接一个，做完后，拿到百里外的小镇上卖。在他的世界观里，小镇就是个大世面。

因为那里有可以一直亮到天亮的路灯，有到了睡觉时间也不打烊的商场。还有个木匠老师傅，他会雕出不怒自威的关老爷，惟妙惟肖，无比传神；也会雕出偷奶酪的小老鼠，活灵活现，精致小巧……

老师傅有一把雕刀，他将全世界都雕在手里，也"雕"服了小木匠的全世界。

小木匠每次去镇上，除了卖自己的小板凳，还去老师傅的木雕坊看他雕东西。小木匠爱这个手艺，也发誓以后也要成为老师傅这样的人。但老师傅是个鳏夫，性格古怪，脾气暴躁，也不爱接近人，小木匠看了一会儿就会被撵出去。

这也难怪，小木匠的右手有残疾，不灵活，而且悟性也不高，笨笨的，心不灵手也不巧。老师傅一看这没前途只会做小板凳的小木匠，就没有好脸色给他。

小木匠可不甘心了，他踩着自己做的小板凳踮着脚隔着窗户往里瞅，老师傅撇着嘴，拉上窗帘不让他看。可关了门，合了窗帘，虽然小木匠看不到了，但屋子里的光线也不好了，老师傅眼睛本来就花，这下雕不成了。

可老师傅生来倔脾气，就是不开门窗，硬是和小木匠耗了起来。

小木匠蹲在门口不肯走，好不容易来趟镇里，本来就想看会儿老师傅雕的东西。

这倔强遇上了执着，两个人其实还挺像。

后来，小木匠听说老师傅要收徒弟传手艺了，兴奋得一夜没睡好，第二天天没亮就背着自己做得最好的小板凳去拜师。

"你看，这是我做的板凳……"小木匠眼睛放光，看着老师傅满是皱纹的脸。

老师傅看了看小板凳，又看了看小木匠的右手，连连摇头："你学不了这手艺。"

小木匠抬起左手忙解释："左手，我左手能行！"

老师傅瞥了一眼，轻哼一声："左手做小板凳差不多，你还想雕梁画栋啊？"

小木匠连作揖带哀求，就是不肯走。

老师傅一生气，起身送客，把小木匠半推半搡地请出门，最后留了句："收你当徒弟，那我这手艺就算断了！"

"砰……"老师傅重重关上了门。

木雕是一门手艺，被老师傅奉为一生至宝，所以他在选徒弟上要求颇为苛刻，他需要一个手巧的、悟性高的，还能将这门手艺传承下去的有心人，但是小木匠有残疾，右手不好使，特笨，而且悟性又不高，不能收。

老师傅的倔强远近闻名，街坊邻居都知道，小木匠死皮赖脸地求了好久，也没能让老师傅点头。

小木匠执拗也不甘心，没过几天又来了。他爬了几十里山路，从家里背来一口袋玉米青棒给老师傅。小木匠的妈妈说，想让人家收为徒弟，必须得送师傅见面礼。不过家里一贫如洗，也就这三分玉米田，玉米那么嫩，小木匠"啪啪"掰了一袋子，真希望老师傅喜欢。

是啊，为了拜师，小木匠可算是下血本了。

小木匠身体瘦弱，到了老师傅木雕坊的时候，背玉米的半个肩膀一直在抖，前胸后背都湿透了。他累坏了，嘴唇干裂，老师傅给他倒了一杯热水，可他却紧张得不敢喝。

小木匠轻轻将玉米放在老师傅面前，这里装的是小木匠家里的殷切期盼，是木匠妈从春到夏的汗水，当然还有小木匠执着的梦想。

老师傅虽然摇头，但这次他略微迟疑了，没有回绝得那么坚决。

小木匠见状，死死地跪在地上就是不起身，跪得老师傅给他倒的一杯水都由烫转凉。他想着，如果这次不能让老师傅收他，那玉米白送不说，还要苦了在家的妈妈再找礼送，家里可真没什么可以送的了。

老师傅看着，终于也不忍心，答应了下来。小木匠抽着干裂的嘴，笑着喊疼，转而跪着去拿桌子上的水，举到老师傅面前，毕恭毕敬："师傅，您喝水。"

"水都凉了，还给我喝！"老师傅嘴上不饶人，却在说完后露出了笑容。

小木匠终于拜师成功了，他高兴到不行，好像离自己的梦想又近了一步。

老师傅开始领着小木匠认木料，讲雕刀，学手法，小木匠听得挺认真，可总是记不住。老师傅翻来覆去教了好几遍，可到了小木匠手里，这刀也钝了，形状也没了。老师傅总是摇头叹气说："我这手艺恐怕是要断喽……"

有一天，老师傅让小木匠雕一只木猪，这是小木匠的第一个木雕作品。

可小木匠的右手不好使，只能用双腿夹住木料，他费了半天劲儿，木猪在手里慢慢成形。小木匠为了能做得更好，双腿夹不住的时候就用右手顶着，可雕刀一下一下总是割到右手上，溅了小木猪一身血，怎么也擦不掉，于是血干了，猪也花了。

"你还是回去做小板凳吧，这手艺你学不了，先不说笨不笨，有没有灵性，就看这猪这么脏，你的态度就不行。"老师傅一甩手把木猪扔到墙角的垃圾箱里。

小木匠的右手藏在后面，低着头挨训。

"你走吧，别在我这儿浪费时间了。我这手艺如果断了，也都是命……"老师傅紧闭了闭眼睛，让小木匠的心情也跟着起伏。

小木匠不敢多吱声，只是摇头，眼泪啪嗒啪嗒掉在地上。

"你这孩子，学东西要用心。别哭了，再去做一只吧！"老师傅最看不得有人在他面前掉眼泪了，更何况看着小木匠这委屈的表情，再给次机会看看吧。

一听师傅这么说了，小木匠赶紧抬起头，咧嘴笑了，他的大鼻涕已经流过双唇，小木匠舔了舔，哎哟，可真咸。

老师傅看着小木匠这边哭边笑的样子，无奈地撇嘴，脸自然是板不住了，把手帕递给小木匠："你看看你这样子，快擦擦！"

小木匠很自然伸右手去接，伤口被老师傅看见了。

那些大大小小的伤口，有的还没完全愈合，有的已经结成了疤，老师傅顿时明白了。

老师傅问："都伤成这样了，为什么不解释？"

小木匠憨憨地笑："师傅，徒儿学艺不精，哪还有脸找理由……"

老师傅不再说话，眼里是小木匠看不见的心疼。

是啊，梦想和伤痛没有半毛钱关系，小木匠说得对。

那些找借口喊疼作罢的人，还不是因为对梦想没那么热爱。

半夜，小木匠睡着了，手里还攥着那只从垃圾桶捡回来的脏猪。老师傅拿了过来，戴着老花眼镜坐在工作台边挑灯夜战，一盏孤灯下，雕刀不停地翻飞。

第二天一大早，小木匠睁开眼，披上衣服就往工作台跑，他得以勤补拙。他发现工作台上多了一个木支架，上面有好多可以调节卡位的插槽，木猪放在中间，调一下就卡住了。

木支架真好用，再也不担心划到手了，小木匠感动得掉眼泪。他继续雕他的小木猪，这回可没上回那么脏了，可是形状还是和上回差不多，肚子不圆，耳朵不大，像小狗，又像小熊猫，就是不像猪。

小木匠很执拗，每天除了伺候老师傅就是雕木猪，夜以继日，一只接一只，堆得满屋子都是，只为有一天老师傅可以点头。

可还没等到师傅点头那天，师傅就先病倒了，一切都来得猝不及防。

镇上有好多摆地摊的木雕贩子，他们只为牟利不讲手艺，很多时候都是拿机制木雕充当手工木雕卖高价，更有用合成木屑倒模充当手工木雕。

虽然在商言商，可老师傅从不把自己当商人，他瞧不起那群人，还教育小木匠，以后做生意要与他们划清界限，老死不相往来。

有回小木匠帮师傅送木雕，这回是核雕，细致入微，手工紧致，老师傅花了整整一个春天，才算大功告成。他命小木匠送货上门，小木匠路上经过小贩的时候，看见一对外地老夫妻对一款合成木屑倒模的仿手工木雕爱不释手，再一听小贩的一口报价，吓得小木匠倒吸了几口凉气，他凑上去使劲给老夫妻使眼色，这才让他们打消了买的念头。

"喂喂喂，现在都这么卖，我说你一个卖倒模木雕的装什么装！"小贩拉住小木匠，"你看你那手工，有本事让大伙儿瞧瞧啊，我就不信你是真材实料了！"

小木匠气坏了，他经不住别人说他师傅雕刻得不好，拿出随身工具，把核雕锯成好几截——货真价实，都是一刀一刀雕出来的纯手工。

小木匠再抢过老夫妻手里的倒模仿品，一锯两半，嘿！全是木渣子和胶水味。

小贩们不干了，一路追到老师傅作坊，堵在门口，什么难听骂什么，围观的人越来越多，指指点点说什么的都有。

"怪老头，心术不正！"

"死雕子，看人家挣钱眼红，教唆徒弟去坏生意，砸场子，不地道……"

"……"

老师傅这次怒了，一把雕刀重重地插在了门板上。小贩们看老师傅动真格了，一溜烟儿全散了，小木匠又感动又解气，进屋给师傅倒茶水，端过去。

师傅拿过茶杯，举得老高扔在地上，白瓷茶杯摔得粉碎。老师傅指着小木匠喊："滚！滚回家做你的小板凳吧！你这徒弟我收不了！"

小木匠傻眼了，一时间回不过神，可嘴里还是倔强地说"不"。

其实小木匠知道，老师傅是心疼他毁了自己好几个月才完成的心血，更气小木匠和一群市井小贩计较，争名逐利，好勇斗狠比市侩。

老师傅气不消，挥了老半天手才说得出一句话："你走吧，别在我这儿浪费时间了。我这手艺就算断了，也不能给心路不正的人，这都是命啊……"

小木匠第一次觉得委屈，觉得冤。

自己明明是为了保住老师傅的招牌，怎么到头来还讨不到好呢？小木匠气血上头，对师傅喊："你老了，连心气儿都没了！你看看，人家都骑到我们头上拉屎了，你还给人家端着！"

老师傅嘴唇抖得厉害，一句话也说不出，他抓起身边的木支架就向小木匠砸过去，小木匠一闪身，木支架砸在地上，散架了。

小木匠气疯了，他回身就去拿行李包："走就走，手艺和脾气都好的师傅哪儿都有，我还能找不到？"

"咣当"一声，小木匠踢开木门，心想着，走后再也不回来了。

可与此同时，也是"咣当"一声，老师傅倒在了地上。

老师傅再醒过来的时候，小木匠正趴在他的手边打盹。

老师傅摸了摸小木匠的头。呆呆的，笨笨的，悟性又不高，可这孩子的脾气，认死理，又太倔，和年轻时候的自己一模一样，怪不得最后成了自己的徒弟。

小木匠醒了，双眼通红，眼皮肿得老高，一是哭得，二是熬夜熬得。

老师傅昏迷了四天三夜，小木匠在身边熬了四天三夜，谁劝也不走。

老师傅虽然醒了，可是病得不轻，连床都起不来，半面身子几乎没了知觉，只能住院治疗。老师傅一辈子靠精雕细琢过日子，可如今没法雕东西，又没攒下多少钱，住院费用日趋紧张。

小木匠于是豁了出去，作为老师傅的徒弟，虽然呆呆的，笨笨的，悟性又不高，可他能吃苦，能攒钱。小木匠上午蹲在镇上卖板凳，下午帮人家送快递、跑外卖，只要给钱他就做。一日三餐，他按时去医院看师傅，晚上回作坊一边淌眼泪一边雕木猪，还握着那只散了的木支架不断起誓说再也不气师傅了。

老师傅年纪大了，恢复得特别慢，大夫说老师傅恢复得好以后能走路，至于再雕木雕就不可能了。小木匠不敢告诉老师傅，怕他伤心。

可老师傅心里比谁都清楚，所以总是发脾气，不见人，谁来都不理。

出院后，老师傅被小木匠接回了作坊。一进门，老师傅就去抓雕刀，这一病，眼睛更花了，手抖得厉害，连雕刀都拿不住，他彻底心灰意冷。

老师傅有些哽咽，他对小木匠说："这次你真走吧，这手艺你学不成了！"

小木匠"扑通"一声跪在师傅面前，一手拿过被自己锯成好几截的核雕，它被小木匠一块一块粘好了："师傅，我能行！"

师傅眼泪从塌陷的眼眶里挤了出来，不停地摇头："这回是我不行了，你别在我这儿浪费时间了。这手艺如果断了，也都是命啊……"

小木匠跪着爬过去抓起木支架，又跪着爬回来，被砸散架的木支架被小木匠重新修好了，他把它举在师傅面前，继续说："师傅，我真能行！"

师傅泣不成声，弯下身抱着小木匠哭作一团。

小木匠还是每天雕着木猪，他总说师傅答应过，木猪雕好了，就能跟师傅往下学了。

老师傅的眼睛花得越来越厉害，手拿不稳雕刀，也持不住物件，但好在口齿清晰，虽然无法身教，但他可以言传。小木匠呆呆的、笨笨的，悟性又不高，心不灵，手不巧，可他能吃苦，也够执着，从来不放弃。

自此以后，小木匠再没有离开过老师傅身边。他慢慢地开始不雕木猪了，老师傅也慢慢开始相信，只要小木匠在，他的木作坊就会开下去，他的手艺就断不了。

小木匠没有见过什么大世面，在他的世界观里，老师傅的手艺就是大世面，能学会木雕就是实现自己心里久而坚持的梦想。

但是我们可别忘了，梦想这东西，其实就像是齐天大圣耳朵里的如意金箍棒，它可大可小，大的时候可以直冲云霄，重一万三千五百斤；小的时候就像绣花针那么一点点，藏在耳朵里，微乎其微。

哦对了，还有一点，梦想这根金箍棒从来不嫌弃主人，无论你是被压在五指山下，还是大闹凌霄殿……

只要你相信，你若不离，它必不弃。

请端给那些卑微苟且的小小尘埃一碗鸡汤

有碗鸡汤，从小到大不知道被灌了多少。

后来好多人呛死在这碗鸡汤里，后来有人吐死在这碗鸡汤中。

鸡汤往往是这样开头的："上帝关上一道门，往往会为你打开一扇窗……"

于是有太多loser等着上天眷顾，觉得自己的失败是因为那扇窗还没打开。

我有一个朋友，或者说连朋友也算不上。他是我生活中的一个过客，超市里的人都叫他木头哥，没人知道他到底多大了，甚至连他自己也不知道。

木头这个名字是超市里的人给起的。

他是个弃儿，智力似乎有缺陷，从1数到100从来没有成功过，每次都数得乱七八糟，每当木头开始查数并且急得一头汗时，也恰恰是超市里最欢乐的时光。

他总是盯着自己的左手，一根手指一根手指不停地数着，可结果总是越数越乱，而他越乱越急，最后只能一遍接着一遍地重新来过。他从来不会将右手伸出来，因为他知道，一旦右手伸出，意味着又有一阵铺天盖地的大笑。

木头哥的右手畸形，肌肉萎缩，于是终日扭曲蜷缩在袖口里。

要问这样有着缺陷的木头哥如何维持生计，答案则是他的不惜力。

木头哥靠在超市搬运货物来糊口，不偷懒、不怠工，尽管半扛半拖费半天劲，龇牙咧嘴很辛苦，但我们从来没见过他掉一滴眼泪。

木头哥逢人就露出一副憨憨傻笑的样子，后来我才知道，这是他对世界的态度。

好像他现在的所有，都是上天给予他的恩赐。

上天虽然给了他一个不健全的智商，一只不敢拿出来的畸形右手，却没有抽走他的生命，仍然给了他一颗强有力的心脏，一份可以帮助他生存下去的工作。

木头哥过得那么满足和欣喜，他没什么可抱怨的。

当初超市老板也是看上了他这骂死都不顶嘴，还傻笑的脾气，才一时心软留下了他。而之后，因为木头哥的笨拙，屡屡招来同事们的责备，他们嫌他麻烦、嫌他笨，什么事也做不好。种种"罪状"告到老板那里，老板忍无可忍，准备劝木头哥辞职。

木头哥一听说老板找他，左手拿着的工具还来不及放下，就乐呵呵地冲进老板办公室，他头上冒汗，右手依旧缩在他的袖管里，任由汗水顺着脸颊滑落。

老板不是铁石心肠的人，瞬间说不出话，只得顺手拿了一张面纸给他，辞退的事也没有再提。

我以为，木头哥一生也许就会这样，庸庸碌碌，勉强活在世界边缘，没有人在乎……

直到有一天，木头哥给我和这个世界一个足够大的惊叹号！

他是木头哥，虽然被好多人背地里唤作傻瓜，但他和很多人一样，拥有梦想，想向着梦想而生。

那个晚上，正值雨季，我撑着伞独自行走在去树酒吧的路上。那是我常去的一个地方，我是去见树酒吧的老板，树先生。

树先生是我的老友了，我闲来无事时总喜欢去他那里坐坐，自然，在那儿，我也收获了不少关于树酒吧的故事，别着急，后文我会慢慢道来。

还没到树酒吧，我就远远地看见了木头哥的身影，他没有撑伞，正蹲在树酒吧门口，伸着头向里面张望。

树先生和我说，木头哥每天晚上都会在门口看酒吧的乐队演出，雷打不动。别看木头哥脑子不好使，但好像对音乐有着格外的感觉，甚至有些偏执，只要音乐响起，木头哥马上被吸引，那种近乎痴迷的吸引。

木头哥喜欢音乐，所以每天小超市打烊后，他都会穿越三个街区来到树酒吧门口，一蹲就是小半夜，非要等到酒吧里乐队把所有歌曲都唱完，才会心满意足地离开。渐渐地，木头哥成了树酒吧门外一道独特的风景。

后来我想，木头哥和树酒吧之间一定是早就存在了某种缘分吧。

有一次，乐队收工，正在收拾乐器，木头哥歪着头盯着吉他手晓岚手里的木吉他。

"你会吗？"晓岚见木头盯着自己手里的吉他入神，以为是同道中人。

木头哥憨憨地傻笑着摇脑袋。

"喜欢吗？"晓岚也笑了。

木头哥用力地点头。

晓岚将吉他递向木头哥："试试？"

木头哥眼睛里忽地闪过一丝光芒，手慢慢地伸了过去，可半路又怯生生地缩了回去。

在木头哥看来，吉他就像是圣火一般的存在，自己一直都是远观，怎么可能亵玩呢？

这时，乐队里有人拉了晓岚一下，低声在她耳边提醒："他是傻的，你小心点吉他。"

晓岚将吉他放在了木头哥的怀里，摆了一个弹奏的动作："喏，弹弹。"

木头哥笨拙地学着晓岚的动作，他那终日藏在袖口里的右手露出了扭曲蜷缩的手指，只是在琴弦上拨弄了那么一小下，木头哥眼睛里亮起了奇异的光。

晓岚看着木头哥的表情，笑着和他说："你应该有把吉他。"

木头哥懵懵懂懂地看着晓岚，嘟囔着："吉他？"

晓岚点头，指着木头哥手里的木吉他说："对，吉他，它叫吉他。"

木头哥笑着用力点头。

一路星光，木头哥跳跃奔跑，嘴里不停重复着："吉他，吉他……"

木头哥为了能买上一把吉他，听别人说超市里理货员赚得比自己多，于是求老板让他做理货员，老板听完都笑了："你连数都数不明白，怎么做理货员呢！"

"能行，能行！"

木头哥嘴笨，说话不利落，一边点头一边挥动着自己的手指头。

老板实在不愿意和他纠缠，于是指了指远端的货架："你能把那边的牙刷数明白，我就用你做理货员。"

木头哥乐颠颠地跑去了，几分钟后，原本挂在木头哥脸上的笑容消失了，取而代之的是满额头的汗水。他低着头一遍又一遍地数着，牙刷就那么几十支，木头哥却永远也数不完。

可老板没耐心，他让人把摊了一地的牙刷收拾起来，木头哥却死活不让，按着来人的手，就差用嘴咬人了，吓得旁人再不敢靠前。超市里三层外三层围满了人，这阵势，俨然一幅"偶像来了"的画面。

老板终于怒了，他朝木头哥歇斯底里地喊着："你要干吗！你哪根筋搭错了！不想干，赶紧滚蛋！你以为你是谁，傻子！"

那是老板第一次对木头哥下了重口。

也是木头哥第一次当着所有人的面掉眼泪。

他跪在地上，一手按住满地的牙刷，一手拖着老板的裤管不松。

老板强压怒气，问木头哥："那你和我说，你这是为了什么？"

木头哥挤出两个字："吉他。"

"吉他？"老板以为自己没听清。

木头哥拼命点头。

老板问："你想弹吉他？"

木头哥继续拼命点头，就像是在啄米。

这下在场所有人都笑了，老板摇头苦笑，他比画着弹吉他的动作，语气揶揄："就你那脑袋，你那手指头……"

他用力抽出了木头哥紧紧抱住的那条腿，边笑边摇头走开了。

木头哥做不来理货员，依旧笨拙地靠搬运货物勉强维持生计，依旧没有钱买得起一把吉他。但是每晚他还是会出现在树酒吧门口，远远地蹲在外面向里面张望。

晓岚每晚收工都会叫木头哥来自己的身边坐坐,她教木头哥简单的指法练习,教木头哥识简谱。还好简谱只有七个数字,木头哥数得清。

木头哥没吉他,他捡了超市扔掉的硬纸盒,剪出一个丑丑的吉他形状,那样子看上去更像是一把豁牙的铁锹。他用铅笔在上面画着歪歪斜斜的铅笔道,六根弦永远不会被弹断,但也永远不会弹出声音。

那段时间,好多路过超市的人会看见木头哥手里捧着那把硬纸做成的"吉他",煞有介事地弹着,大家忍俊不禁,笑着和身边人说:"傻瓜就是傻瓜,真是没得治……"

晓岚的乐队去外地演出那段时间,木头哥照例会去树酒吧,但是没人愿意再教他指法,更不会有人愿意让木头哥去摸自己心爱的吉他,所以木头哥只好背着那把纸吉他蹲在门口,学着其他乐队吉他手的样子。

人家的手法娴熟,木头哥只能笨拙地照猫画虎,手指在那歪歪斜斜的六根铅笔道上来回摆弄。

雨水总是和这座城市缠绵不休,时不时就会兜头一盆从天泼下,浇人一个措手不及。有天晚上,我趁小超市打烊之前去买些东西,可就那么几分钟工夫,大雨滂沱而至,我被困在了小超市的门口。

小超市也打烊了,木头哥从里面走出来,我想他应该是要去树酒吧"蹲点"了。只是他的姿势有点怪,在雨中,他弓着身子,一步一步地向前挪动,双手交叉在胸前,紧紧裹住一件褪色严重的格子衬衫。

我心想,木头哥的头脑是不太灵活,但是也不至于在雨这么大的时候都不知道快点跑吧?

这时,老板从小超市里跑了出来,叫住了木头哥。

老板阴着脸:"喂,死木头,你是不是偷东西了?"

木头哥已经被大雨淋得湿透了，他扭着头，依旧弓着身子。

难怪小超市老板这么说了，木头哥这样的姿势，经验丰富的人一看，就知道肯定是衬衫里藏着东西。

我转念一想，坏了，一定是木头哥买不起吉他，所以动了歪念头。

可木头哥摇着头，有些支支吾吾："没……没偷东西……"

"没偷东西？没偷东西你衬衫里面裹的什么？"老板指着木头哥死死抱住的胸口，"过来！你个死木头，当初要不是看你残疾，看你弱智，我才不要你，没想到，我的好心，竟让我养了只白眼狼！你这死木头，快点……你给我滚回来！"

木头哥湿嗒嗒地回到了小超市，无辜地看着老板，依旧摇头。

老板这下急了："你还不承认！好啊，你没偷是吧，那你给我看看！"

老板伸手就去拉木头哥的手臂。

木头哥死死抱住，就是不撒手。

老板气急败坏："小傻子，什么不好学，偏学人家偷东西！"

而后，伴随着一声响亮的耳光，木头哥的脸红通通的。老板喘着粗气，一巴掌把木头哥扇得失去了重心，坐在了地上，双手也从胸前散开。

从木头哥的衬衫里面滑落出一样东西，是那把纸吉他。

纸吉他因为沾了水，变得软塌塌的，面目全非。木头哥见状赶忙爬过去捡，可越碰越糟，最后成了一团废纸。

老板怔怔地站着，木头哥坐在地上号啕大哭，在那个雷雨交加的夜晚，这样心碎的哭声响彻了整个夜空。

那刻，老板真的傻眼了，他不明白，为什么木头哥会那么小心地呵护着这么一把丑陋破旧的纸吉他——它不过就是一堆破烂啊！

对啊，纸吉他是破烂，但在木头哥的心里却有着无比珍贵的意义，它超越了所有可以形容的词汇，它是木头哥的爱人、儿女、生命……

那是我见过木头哥哭得最伤心的一次,比做不成理货员还伤心,还无助。

我陪着木头哥蹲在雨里,拍下一张照片——木头哥蹲着,地上是湿透的纸屑。

我将这张照片发给了外地演出的晓岚,附上了一句话:这是你收过的最"傻"的徒弟。

后来,晓岚从外地回来,特意跑来找我,知道了很多她不在时发生在木头哥身上的故事,包括那张照片的故事。

那天,晓岚在我家哭了好久,这么一个见惯了世态炎凉,走南闯北的女汉子,背对着我在那儿不停地抽泣,好久,好久。

晓岚告诉我,她决定给木头哥过个生日。

"可是你知道木头哥的生日是什么时候吗?也许连他自己都不知道。"我说。

"我知道。"晓岚笃定地回答。

"哪天?"

晓岚嘴角微微翘起:"就是木头哥第一次摸吉他那天啊!"

我寻思良久:"也对,也许正是从那天起,木头哥才真正诞生。"

木头的生日会是在树酒吧举办的。那天木头哥终于从门外汉摇身变成了座上宾,晓岚送给了木头哥一把旧吉他作为他的生日礼物。

那是晓岚的第一把吉他,虽然音不准了,还有点走形了,但还是让木头哥乐得捧着它手舞足蹈了好久。

再后来的故事,发生了一个180度的大转弯。

晓岚不仅成了木头哥的启蒙老师,而且还带他认识了很多有缺陷但是在音乐中重新发现自己的人,他们也有了自己的乐队和群体。木头哥就像终于有了家,一个热爱音乐,秉持信仰,且永远不会失散的家。

木头哥没有女朋友,但是他对音乐的爱却永远不少付出半分,这份挚爱还有很多路要走,可能会石沉大海,可能会有去无回,但起码他为爱动身了。

木头哥没有真正的家,但是他未必没有归宿,他有自己想要去的方向。

木头哥就像一粒尘埃,卑微地苟且却未必失去尊严,因为就算是再渺小的尘埃,同样可以拥有强大的内心世界,甚至比肩宇宙……

木头哥终于有了属于自己的吉他,尽管有点破旧,但是总算有了可以载动梦想的蚱蜢舟。

那只整天缩在袖口里的右手开始渐渐露出手指,每当我因为赶稿子搞得自己焦头烂额的时候,就会跑去楼下的小超市,等着木头哥闲下来时掏出那把木吉他,听他那首笨拙生涩的《两只老虎》的和弦。

琴弦拨动,这比世界上好多激荡的旋律更悦耳,更振奋人心……

如果有一天,你在你的城市里看见有这样一个团队——

他们眼神纯净,表达简单。

他们唱着简单的旋律,和着优美的嗓音。

请千万在演唱结束时给他们一些掌声!

也许他们的歌声并没有打动你的耳朵,也许整场演唱都显得有些捉襟见肘,但我相信,他们每个人都是木头哥,都有着自己期望到达的彼岸。

并且,他们也在这条路上付出了所有气力。

而这条路,我们叫它梦想。

而这碗鸡汤,我们必须喝下去。

二十六岁，我只有一杯咖啡请你喝

有些人问我，二十六岁，车子、房子，你应该拥有了该有的所有东西吧？
不。我会告诉你，二十六岁，我只有一个深受启迪的故事。
它来源于一杯咖啡，执着于一个梦想。

楼下街角有家别致的咖啡店，名字很好听，叫梦见花开。
那是一家24小时不打烊的咖啡馆，很多顾客一进门都会被门口一个咖啡色的相框所吸引——里面是老板和老板娘的合影，两个人捧着一袋咖啡豆，甜蜜地依偎在一块，老板娘笑靥如花，特别好看。
这张合影是这几天周年店庆才被扩印挂在店里的，以前一直都放在老板的钱包里。咖啡店的老板叫梦柯，而相片里的女生是梦柯的女朋友，她叫花朵。大家一猜就知道，这咖啡馆为什么名叫梦见花开了。
而说起这家咖啡馆，却真是有一把关于梦想摸爬滚打的辛酸泪。

当初梦柯想留在这座城市开一间属于自己的咖啡店，但这个想法一说出口，却遭到了所有人的反对。对！是所有人。
他的电话打到半夜，家人、死党、同学，他竟然没有获得任何一个人的支持，哪怕是语言上的一句"加油！"

他蹲坐在沙发上，仰着头。因为之前他曾听说过，当你不想让眼泪流下，仰起头就不会哭了。

可是骗人的，他的眼泪终究没能挣脱地心引力。

夜，就像死了一样安静。他对着钱包里的相片发呆，里面是自己和花朵的合影，两个人捧着一袋咖啡豆，身后是一整片一望无际的咖啡种植园。

照片上的那甜蜜劲儿，真是让人只羡鸳鸯不羡仙。

关键两个人不仅仅情投意合，连梦想都是如出一辙。花朵和梦柯也正是通过一次咖啡品牌的活动相识，两个人都爱咖啡，且奉其为人生梦想。

这张合影是五年前的事了，当时梦柯和花朵刚刚坠入爱河，如胶似漆，两人去云南小粒咖啡产地观摩，路过一家咖啡种植园时，拜托种植园师傅拍下了这张照片。

可是，三年前，花朵突然被查出鼻咽癌晚期，连咖啡的香气都闻不到了，梦柯无奈，只好把买的所有咖啡豆都扔掉，打算从此不碰咖啡。

化疗期间，花朵总是拿着两个人的合影，望着照片里他俩身后的咖啡种植园。她对梦柯说："这咖啡花的味道真是太香了，它在我的脑海里，不用鼻子也能闻到，就像我俩的梦想。梦柯，以后就算我看不到我们的咖啡店正式开业的那天，你也一定要相信，我能闻得到，感觉得到！"

对！一定要实现彼此的梦想。

梦柯点了点头，收好合影，他要让咖啡的香气飘到天堂去。

开业当天，梦柯邀请了身边所有朋友和同学，热闹的气氛被推向了顶点，他的希望和喜悦也瞬间被点燃。

然而，经历了开业的假性火爆之后，咖啡店迅速冷却了下来，生意的寡淡程度完完全全超过了他的预期，梦柯开始进入入不敷出的经营状态。

昼夜在他的生活中似乎彻底失去了概念和意义，白天他忙着咖啡店宣传，准备运营必需，咖啡店不忙时，他开始写东西赚稿费用来弥补咖啡店的亏空。

可即便梦柯这么卖力地干活，咖啡店依旧看不到起色，梦柯的生活陷入泥泞之中，困苦拮据。有几次他真想就此放弃，但想到当年他不顾那么多人的反对硬是决定开这家咖啡店，如今怎么可以轻易缴械投降呢？

还有花朵。

谁都没想到，梦犹在，可伊人已逝。花朵走的那天，拉着梦柯的手久久不愿放开，她还没爱够啊，还有好多事都没有拉着梦柯的手一起去完成，其中最重要的莫过于这个一直描摹幻想的咖啡店。

如今天人永隔，万一有一天他梦见花朵，花朵问他，咖啡店怎么样了？他又该如何回答呢？

"儿子，都说不行了，你这孩子就是犟，你爸现在对你特别失望，有时间回趟家……"电话里的老妈爱子心切。

他报以微笑，挂了电话。

"哥们儿，不行就撤吧，你现在付出的代价已经够大了，花朵看到也不会怪你的，你有没有想过以后的问题？"最好的朋友老周爱莫能助，为梦柯捏把汗。

他报以微笑，挂电话。

"别硬撑了，老同学！我爸这边又新开一家公司，你来，比开这破咖啡店适合你，而且零风险无代价。"大学时的室友老三已经为梦柯想好了退路。

他报以微笑，果断挂。

"哥，人的能力总归有限，有时候承认失败不是耻辱，要学会止损啊。"最贴心的堂妹心疼她哥。

他报以微笑，挂挂挂。

梦柯的宣传继续进行，咖啡馆的小广告贴了半座城，当然梦柯也被城管追了几条街，跑得几近呕血。

咖啡馆里的夜间驻唱也从小有名气的地下乐队换成音乐学院的在读学生，他们更敬业，也更专注，当然主要还是费用更低。

每当梦柯累得身心俱疲的时候，他都会趴在咖啡店的玻璃窗前望着街角，从钱包里拿出他和花朵的合影，放在面前。

合影中两个人好开心，他们捧着一袋新鲜的咖啡豆，香气四溢。如今香气已经被梦柯搬进了咖啡店，就像梦想，它已经从照片飘进了现实。

他一直想，若是花朵知道了，一定会很开心。

这张合影就像有一种神奇的力量，它可以驱散彷徨，赶走疲惫，就像花朵根本没有离开，梦柯的梦想还要继续。

有一位老人，他总是一个人来梦柯的咖啡店，找一个安静的角落，点一杯咖啡，然后独自享受。他静静地坐在那里，一坐可以是一整天。

他也算是咖啡店的熟客，没事的时候梦柯会过去和他聊上几句。

一天下午，老人光顾，照常找了一个安静的角落，点了一杯拿铁，梦柯打过招呼后，继续清点咖啡馆所需。没过多久，梦柯听到一声清脆的瓷杯摔碎的声音，循声望去，老人正捂着胸口蜷在座椅上。他立刻跑过去，看见老人痛苦地指着自己的上衣口袋，他心领神会，立马从里面翻出了两粒药丸给老人服下，趁着稍微缓和的空当，他不敢耽搁，立马把老人送到了医院。

后来他才知道，老人的心脏一直不好。

"你怎么搞的！"老人的儿女把他团团围住。

"我不知道啊，我真不知道。"梦柯彻底慌了。

"我告诉你，我爸要是有个三长两短，你得偿命！"儿子指着梦柯愤怒地喊道。

"是啊，你得负责！"老人的女儿在一旁怒气冲冲。

"我知道，我知道。"此刻，梦柯只会频频点头。

"你知道什么！你说说！"老人的儿子继续怒吼。

"我不知道，我不知道。"他下意识地摇头。

"你得赔钱！"女儿继续咄咄逼人。

"对！赔钱！"老人儿子指着他。

"我赔，我赔。"

"你有钱吗？"老人女儿一脸鄙夷地看着他。

"我没钱。"他低着头，像是一个被捉了现行的贼。

"那你拿什么赔！"老人的儿子更加愤怒了。

"我有一家咖啡店，对，我有一家咖啡店，我马上回去办手续，能兑多少钱我都赔给你们……"梦柯像乞求宽恕一样地看着他们。

这时，护士走来，让老人的儿女们去了办公室。

梦柯趁这空当，悄悄地走进了病房。他站在病床前，摸了摸口袋，里面的钱零零散散，一共231块5毛，索性他尽数掏出，放在了老人的床边，然后离开了。

接下来他得去忙兑咖啡店的事了。

出了住院部，他坐在医院外面的长椅上，从钱包里拿出了和花朵的那张合影，他用手指轻轻地抚摸着相片里花朵的脸庞，喃喃自语："哎……看来这次是真坚持不下去了。"

相片里天空是蓝色的，蓝得有些假。

此时他的心里总是回荡着美国作家雷蒙德·卡佛的那句话："我憎恨虚假的天空！"是的，有时候我们会将天空与蓝色比作生活与梦想。

近一年的时间，他为咖啡店付出了太多，和父母产生矛盾，疏远了朋友，失去了原本安逸的生活，甚至是健康。

在众多的代价里，金钱是最小的成本，却成了梦柯最致命的一击，如同"阿喀琉斯之踵"一般的笑柄。

"我们再也没有什么可以挣扎和付出的了……"他低头，苦笑，相片里的景色渐渐模糊，甚至抖动了起来。

花朵笑靥如花，就像她身后咖啡园里开放的白色咖啡花。

"可别让人家姑娘失望，别让这么好的咖啡花空度花期呀。"他在医院外不知道坐了多久，也不知何时，老人已坐在了他的身旁。

老人原本是想去咖啡店还他的231块5毛，却发现他在医院外喃喃自语。

梦柯迅速站起身，毕恭毕敬地说道："欸，您还好吧？"

老人微笑，把钱交到他手上，然后示意他坐下。

梦柯坐回老人身边，老人看出了他的不安，他用一只手轻轻拍了拍梦柯的腿，微笑说道："很多时候梦想就像花期，当我们正值季节的时候如果不去努力绽放，不去迎风飘香，等到季节过了，枯萎了，就再也没机会喽！"

"只可惜我的季节里风霜太多，花败了。"梦柯握着照片，长长地叹了一口气。

老人将目光转向蔚蓝的天空："孩子，我们一生会学到很多知识，也会掌握一些安身立命的技巧，当然也会渐渐懂得很多人生道理。但梦想需要付出代价,这是每个有梦想的人必须了解的信条。"

"学会付出代价?"他依旧困惑。

"嗯,学会付出代价,人总要学会付出代价,只看我们这个代价值不值得!"老人笑了笑,"有些人为了一句承诺去付出,有些人为了梦想去付出,哪怕在别人看来这些承诺愚不可及,这些梦想异想天开……"老人顿了顿,继续说着,"但人的一生匆匆那些年,有一些执着的信念,是多么可贵的事情!"

梦柯擦掉滴在相片上的泪水,他扬起头深深地吸下一口空气,转过头笑着对老人说:"下礼拜的店庆,您一定要来,我给您做一杯花式咖啡,叫梦见花开!"

是啊,有梦的人不应该害怕付出,那些不劳而获、丢了梦想的人才是真正的迷途者……

所以,当你问我,二十六岁,车子、房子,你应该拥有了该有的所有东西吧?

我会告诉你,上边的一切,只有在你找到自己的梦想,并且付诸行动的时候,才有可能得到。

但我相信,只要我们已经准备上路,只要我们懂得代价是完成梦想必须付出的,然后不断坚持,不断历练,那么所有的努力就有可能变成累积的知识,最后化为日后成就的光芒,那时候我们才敢说:我们拥有了我们该有的所有东西。

不管怎样,请相信梦想,也请相信自己。

因为无论前方道路如何曲折,人生有多坎坷,梦想依旧会在前方,它看着我们是否努力,看着我们是否付出……

第二章

人生不弃,有甜有泪有回味

好多人看上去很坚强,
有一颗可以砸碎钻石的高密度心脏,
针扎不进,水泼不入,是别人心中的超人、钢铁侠,
但超级英雄也有避之不及,怕别人去触碰的东西,
比如超人的氪石,钢铁侠的方舟反应堆。

细细想来,这些内心深处的珍藏,才是我们耐人寻味的人生。

一个人的电影，也能品出味道

今天小瓜结婚，周同是他的伴郎。

想当年我与小瓜、周同可是拜把子的好"兄弟"，那时的我还留着小平头，像个假小子一样，他们也一点不介意我是女生，把我当男生那么养。

婚礼现场播放着小瓜用了三个月时间做成的微电影，里面有当年我们三个人。

"周肥鱼，你看你，现在肚脐眼儿比我的嘴还大！"小瓜指着荧幕上笨拙的周同。

我们三人笑得前仰后合，可是笑着笑着，我的眼泪就开始狂飙。这时光真是蹉跎，杀猪不见血。

小瓜是农村孩子，我们三个中，小瓜最小。他是遥远山区里唯一的大学生，据说，小瓜回一趟家可以动用这个世界上古往今来所有的交通工具：

飞机可以有，但是太贵坐不起；

火车必须有，不然回不去家也返不了校，但是是绿皮车；

客车可以有，但那几年油价飙升，车票也水涨船高，为了省钱，小瓜从来不坐；

渡船铁定得有，不然过不去那条叫长江的河，小瓜经常感慨长江天堑真伤钱；

马车就更加得有了，但一定要找同村的，这样可以省去车脚钱；

最后是15公里的山林穿越，这个有没有都得靠走。

所以说，那些年小瓜回过两次家，每次都是在车站排一整晚的绿皮车票，然后钻上车，到站下车继续走，然后上船啃书包里剩下的硬馒头，喝免费热水，下船再继续走，走啊走，才能到家。

听他们说，那年新生入校，小瓜是最后一个入住寝室的，小瓜的父母忙不停，一个劲儿往寝室的那帮"馋猫"的手上塞花生和大枣。

当然，也少不了我的份。

他们家的花生和大枣是自家种的，颗颗饱满，那时的小瓜就站在父母身后，他低着头，内向且羞涩，骨子里透着山里人的质朴。

第一天去大食堂吃饭，饭卡不会用；第一次去机房上机，开机键和重启键傻傻分不清；第一次和我们去电影院看电影……

哦对了，那时候，他从来没有和我们一起去看过电影。

当时，假小子的我和周同都喜欢看电影，于是组成了"观影兄弟"，经常跷课去看电影，但是小瓜从来不去，电影票太贵了，够他吃一个星期的午饭。于是我们去看电影，小瓜负责垫后。

所以大学四年里，小瓜为我们签过好多的到，救过我们无数的场。

小瓜学会了模仿我们两个任意一个的声音，惊为神技。

作为报答，我们回来后会轮番把电影的故事讲给他听，我们讲得眉飞色舞，他听得入神专注，激动时甚至击节叫好。

小瓜喜欢上电影，便是从听电影开始的。

渐渐地，我们大学生活中的人物关系开始发生变化，大家相继跳进了一座名叫爱情的舞池里。

可别想歪，我和周同这对"观影兄弟"无奈变成"三人行"……

那些年，我和周同的"兄弟联票"变成了我的单人票加他的情侣套票，看的电影也从义薄云天的铁血战场变成了你侬我侬的甜蜜爱情。

周同牵着不同女孩的手走进电影院，她们在我的身边不断变换，铁打的影院流水的女伴。这期间，不知道撕掉过多少张电影票，打翻过多少爆米花，经历过多少开场白的皆大欢喜，散场时的分道扬镳。

而电影里的耳鬓厮磨终究敌不过电影外的互扇耳光……

唯有小瓜，依旧是一个人，依旧为我们点到，仿人声神技已是炉火纯青。

哦对了，那时的小瓜学会了用电脑，他开始在网上看下线的免费电影。

一个人捧着食堂打回来的糖饼和豆浆，坐在电脑前，糖饼里的糖浆比电影院里的爆米花表面那层糖精更软糯可口，豆浆的口感和营养也会甩纸杯里的可乐几条街。小瓜就是这样，一个人静静地品味着属于他一个人的电影。

毕业前夕，小瓜第一次来到电影院，他、周同，还有我，三个人终于在一起看了一场电影，那场电影叫《那些年，我们一起追过的女孩》。我们坐在了一排，本想找找一起看电影的感觉，可最后我发现我做不到，周同也做不到，不是影片太煽情，而是离别灌满整个喉咙和眼眶，一用力就会涌出来。

可我们看着小瓜美滋滋地咬着可乐吸管，表情专注，目不转睛地看着屏幕，对电影院保持高度好奇和小激动，还是强忍住了泪水。

最后，大家在车站一遍一遍地拥抱，为这场再也无法返程的青春做最后的散场仪式，各奔东西，不回头，也回不了头。

周同和小瓜租下了一间胶囊公寓,选择留在这座城市里,为了生活和渐渐淡去光环的梦想东拼西撞。

下班后或是周末,同事们会约在一起吃饭看电影。

放映厅里,大家怀着各自的心情,努力找着共鸣。

大家也会坐成一条直线,在这条直线里,有人不停低头看表,有人不停摆弄手机,有人不停东张西望,有人不停用手指敲着膝盖。

电影散场,大家异口同声:电影真好看!

小瓜照旧不去集体观影,下班后他会选择一部长长的纪录片,一边在厨房忙活着,一边看着,直到酣然入睡,然后精神饱满地迎接第二天生活的百般刁难。

到了周末下午,小瓜会背上背包,里面装着水和面包,他徒步走出这座城市,在12公里外的市郊有一座山顶公园,那里有一个小型的汽车影院。12公里对于来自大山里的小瓜来说真是so easy,和在这座城市站稳脚跟比起来不知道轻松多少倍。那里的汽车影院总是放一些老电影,甚至老掉牙,划唱片划到跑音。

小瓜却乐此不疲,那些老电影他没看过,更重要的是,山顶可以看到星星,可以看到只有在老家的山顶才能看到的星河。

山顶上,小瓜需要做的只是去等待一部电影的到来,它能照亮夜空,驱赶孤冷。

后来,我也试着一个人开着车去山顶的汽车影院。我会拿几罐啤酒,坐在车棚顶上,头顶的黑色穹窿上绘着繁星,星辰闪烁,每一颗星都在讲述着一段经历;面前的银幕上放着和其中一颗星有关的故事。

在山顶的汽车影院，我知道了马龙·白兰度和《教父》里的沉浮，学会了汤姆·汉克斯和《阿甘正传》里的执着。

当然，在我们的人生中都应该有这样一部电影，自导自演，有没有人附和不要紧，有没有获得过满堂彩也不重要，重要的是我们都曾用尽全力地演过，未曾后悔。

它播放在那段只有一个人的岁月里，它成为我们生命中最丰饶的荒漠绿洲，我唤它作：那段时日，身在地狱，心在天堂。

婚礼结束后，我们"挟持"了小瓜，小瓜的新娘竟也疯狂，她拖着长长的婚纱和我们一起跑到了电影院，寸步不离地挽着小瓜，惊呆了电影院里所有人。

后来我们挑的那部电影叫《匆匆那年》，电影开始没多久，新娘悄悄捅了捅新郎的腰，问："那些年里，你都和谁来过电影院，和谁一起看电影啊？"

新郎深情地望着新娘，笑不作声。

新娘羞涩，故作娇嗔："傻样，笑什么，快说！"

新郎开口："今天开始，我不再一个人看电影了。"

我想，孤独已经让小瓜学会很多，是该学以致用，报效幸福的时候了。

库切说过："我们每个人都是一座孤岛。"我们漂泊在深蓝里，有可能一辈子都到不了彼岸，触不到最软的温柔。

是的，我们总有那么一段时光，会一个人孤苦伶仃地去度过。

曾几何时，我们甚至不知道自己是在看电影还是在陪看电影，傻傻活成了别人世界里的配角。我们太过追求一起吐槽一起澎湃的感觉，一个情节你拍手称快，我便顿足称快，和情节无关，只为附和朋友……

两个人的电影时光，我们时刻留意着身边你的神情变化，你那儿风声鹤唳，我这儿草木皆兵，你笑我便一骑红尘不负，你哭我狂递纸巾小心伺候，银幕闪动，哪还看得进去半帧的故事……

同事们的电影，红色的座位黑色的心情，我谨言慎行，不敢做半句影评，生怕哪句话的闪失，而别人攥在了手里，成了职场命门。

于是战战兢兢，再无半点享受电影的美好心情。

偶有轻松剧情，表面赔笑，内心却吐槽着休闲时光竟也被无情剥夺。

待一场电影落幕，心中长长嘘出一口气，一场下来比编剧设计情节还费心机，比加班还累几个档位。

电影活生生成了一项求生技能，一种社交工具。

那些年，我们都没有看懂过任何一部电影，但我们从未放弃思考，我们选择了一个人的电影，虽孤独却也自由。

一个人去细细品味一个人的电影，别有一番风味，尽管故事里没有肝胆相照的兄弟情深，也没有两人份爆米花甜腻腻的味道，更没有职场里的春风得意。

但是当我们真正走进故事里，会听见来自己内心的声音，可以开怀地笑得岔气，也可以放情地哭得失声，一路走来，收获颇丰。

生命中，总有一些生猛的"女汉子"

我这人本身就大大咧咧的，所以周围认识的都是一群女汉子。

但这些人里，让我印象最深刻的，是拳姐。

拳姐是那种她觉得能动手解决的事情尽量不会动嘴去解决的人，人家都是"不服来辩"，她是"不服吃我一拳"！

一记铁拳，保证你俯首称臣，够女汉子了吧？

不过拳姐的拳头确实够硬，掰手腕这种运动，她可以先让一个大高个儿半个身位，然后瞬间秒杀他。很多大男人听了都不信，于是拳姐隔三岔五就掰倒一个，渐渐地，她的手下败将可以排成一个连。

拳姐原来只是我的一位邻居，住我家楼下。

我隔三岔五会找左右邻居到家里添人气，吃吃饭，喝喝酒，谈笑风生，其实拳姐也是我想邀约的人员之一。

可是，还不等我去约呢，这故事就开始了，或者也可以说，故事是从事故开始的。

我把家布置得很淡雅，房间是清一色的地板，我不喜欢地砖，它让我感觉冰冷。所以当我的朋友大左第一次来我家，踩着我那锃亮锃亮的地板时，我看他的眼睛都放光了。

大左大学时代是文艺骨干，学过几年踢踏舞，所以看到我家这样，便特兴奋，一说来我家，他都会拎着他那双带"铁掌"的舞鞋。

自然，我约了好几个朋友，吃饭吃到兴起，大家就会起哄大左跳一段 *No Maps on My Taps*，他说这部堪称经典的踢踏舞纪录片，是他的信仰。

我们玩得不亦乐乎，却扰得四邻不安，更是害苦了楼下的拳姐。

那晚她顶着老大的黑眼圈，"咚咚"砸我房门："开门！开门！"

我看着拳姐大摇大摆走进来，环视一周，最后将目光停在穿着舞鞋的大左身上，用下巴点了点大左，说："你！别看！就你！再跳个试试！"

那会儿我可不知道拳姐有多厉害，在一边起哄："喂，人家让你再跳一个，快跳呀！"

大左自然也不会把拳姐放在眼里，于是轻盈地在地板上跳了两下，就那么两声"嗒嗒"，换来的却是一声贯穿夜空的哀号和两声骨骼的脆响。

只见拳姐身轻如燕，一个箭步就来到了大左面前，笑盈盈地看着大左，慢慢拉起大左的右手，嗲声嗲气地说了声："你好棒呢！"

我站在大左后面，还没弄明白啥情况，心底还在偷乐：看来这大左的文艺光辉已经完全闪烁进面前这个小丫头的生命里了。

可说时迟那时快，只见拳姐刚刚拉住大左的手一用力，大左觉得右手就像被一只老虎钳死死卡住了，还没等喊出一个"疼"字，就已经被拳姐以一记反关节擒拿摁倒在地，一声哀号和两声骨骼脆响同时发出。

哀号响彻午夜，声带快喊断了，听得人直起鸡皮疙瘩。两声脆响来自大左的肩关节和膝关节，大左倒在地上，眼泪都下来了。

我依旧站在大左身后，双腿都开始抖了："你你你……"

舌头仿佛打了结。

拳姐横眉一挑，拍了拍胸脯看向我："小丫头片子！样子还真像个浑小子一样。瞧见没，这才是汉子！"

我瞬间闭嘴，什么都不说。

房间里从刚才的载歌载舞、沸反盈天霎时变得鸦雀无声，唯有大左趴在地板上呜呜咽咽。

"喂，别装了，快起来吧，看你们还敢不敢再半夜闹！"拳姐用脚踢了踢地板上的大左，看看房间里的其他人，这场景颇有点杀鸡儆猴的感觉。

小伙伴几个早就被刚刚拳姐那一式石破天惊的反关节格斗术给震慑住了，我们低头哈腰，一个个像在抢着啄米的农家鸡。

唯独大左，依旧躺在地板上，一动不动。

这回连哭声也没有了，他呻吟得越来越惨，一短一长，像是快要恸绝过去。

"别装了，大左，人家女侠饶你不死，你快起来赔个不是！"我俯下身准备扶大左起来，心想这家伙一定是因为被一个姑娘轻松撂倒在地，觉得羞愧难当，所以没脸起来。

可我轻轻这么一扶，却又引来大左一阵更凄厉的哀号。

大左的胳膊脱臼了！

我仰起头，一脸敬畏，忐忐忑忑地对拳姐说："美女，他不是想碰瓷儿，他是真废掉了……"

"啊，不会吧！我这才用了三成力呀！"拳姐一脸疑惑。

三成力，就废掉一个身高一米八、体重180斤的大左——我后脊梁一阵冷风，暗自庆幸那晚没有一时兴起抢过大左的舞鞋。

后来我们大半夜把大左送去了医院，右手脱臼，左膝盖韧带拉伤，打上固定还需要静养一段时间。

拳姐从来不怕事，她一直奉行一条人生信条：啥都不是事，是事就一会儿。

于是接下来照顾大左的活，拳姐全权承包下来。

拳姐的直爽性格，敢做敢当，让我很佩服。

不过再看看大左，这搞艺术的男青年，多多少少有些花花肠子，我总能听到很多女生对我说，他是属于那种假借艺术之名的文艺流氓。

可即便我知道他是个臭流氓，但别人家小姑娘就是特别喜欢呀。

这不，圣诞节、情人节这些特殊日子一到，小姑娘们便跑到医院各种殷勤照顾，同时互戳对方，都在问大左一个问题："你告诉我，她是谁！"

大左被搞得焦头烂额，最后还是拳姐一拍桌子："你们有完没完！"

众红颜大惊失色，有几个胆大的战战兢兢地问："你谁呀，这有你什么事呀！"

"我谁也不是！但他现在这样，是我给废的，不是因为别的，就是我想耳根清净一会儿，他有意见，于是他就这样了。现在我又想打人了，你们有意见吗？"拳姐手里攥着一个小熊钥匙扣，不小心一用力，小熊的头掉了下来。

小红颜们纷纷作鸟兽散，连个回头的勇气都没有。

"多谢女侠出手相救！"大左感激涕零，快哭了。

可拳姐不理她，一个人低头摆弄着断掉的小熊钥匙扣。

她按了好久也没按上，越按越心急，脑门见汗，一脸愁容。

"这小熊对你很重要吗？"大左问。

可拳姐依旧不理病床上的大左，眼神飘向窗外。

"哟，没想到你这么一铁骨铮铮的女汉子，还有林妹妹的时候呀！"大左在一旁嬉皮笑脸开着拳姐玩笑，拳姐一个眼神过去，顷刻间大左吓得浑身哆嗦，忙摇手，"开玩笑，开玩笑，你看你怎么这样，开不起玩笑呢……"

拳姐拉开病房的玻璃窗，一甩手将毛绒熊远远抛出窗外，故作洒脱："这都不是事，是事就一会儿！"

其实大左看得见，转过身拳姐的眼圈红了，指甲用力掐进手心里，也许这是一种抗拒心痛的方式吧。

傍晚换药的时候，所有人都找不到大左了，拳姐知道，这个一米八的壮汉特别怕疼，每次换药就和上刑一样。

她终于在医院对面的小夜市找到了大左，那时大左正蹲在夜市的一个小吃摊前吃墨鱼丸，吃得一嘴辣椒酱，看见拳姐过来，就往拳姐面前递。拳姐接过来吃了两口，然后开骂："你还是男人吗？就那么怕疼？你知道刚刚护士把我骂成什么样了吗！你还有心情在这儿吃东西！快点回去换药，别逼我动手！"说话间，拳姐的手已经伸向大左的后衣领。

大左忙挥手，指着不远处一个用铁圈套奖品的小地摊给拳姐看："你说那些人多笨，我在这儿看一个多小时了，他们连个打火机都套不中。"

拳姐"喊"了一声，回道："你行你上啊！"

"这样吧，白天你帮我这么大一个忙，我给你套一只熊吧。"大左指着摊位上一只毛绒熊说。

"你？这么笨？算了吧。"拳姐一脸轻视，不住摇头。

"你等着！"大左端着一只废掉的右手，买了十块钱的铁圈，开始套最远处的毛绒熊。

拳姐是对的，大左太笨了，一百多块钱扔进去，够买一只的了，可惜全换成了铁圈，砸在地面上。

"这熊一点都不好，我知道有一种熊，一米八那么大，会说话，还能加温，可以抱着睡觉，当然没事也可以揍两下，绝对适合你，等有时间我买了送你。"大左一边回医院一边愤愤地和拳姐说。

"你就吹吧，你要是真能买到，我就再也不对你动武了。"在拳姐看来，这不过是大左挽回颜面的托词罢了。

一路上，大左终于知道了拳姐和小熊钥匙扣的故事，原来那是前男友送的。不久前拳姐刚刚失恋，心情特别不好，一夜一夜睡不着，正好又赶上大左来我家大跳踢踏舞，拳姐终于把火气全发在了大左身上。

"原来我是替那小子遭的这份罪呀！不行，你得告诉我他家地址，等我的伤养好了，我得从他身上找回来！"大左信誓旦旦。

"人家去美国啦，估计这辈子是不回来了。"拳姐长长呼了一口气，空气里弥漫着无尽哀伤的味道。

"算他小子命大！没关系，那都不是事……"

"是事就一会儿！" 没等大左说完，拳姐抢过后面的话，说完哈哈大笑。

从那以后，我们总能看见大左和拳姐勾肩搭背在一起，而拳姐也渐渐地成了我们一群朋友中不可或缺的一分子。

只是她偶尔还会傻傻地看向窗外，听不得美国音乐，看不了美国电影。

大左也在慢慢起变化，那股文艺流氓劲儿渐渐消失，天天围着拳姐转，嘴里"拳姐"叫得最贫的就是他，都快成口头语了。过去时不时就来点的美国踢踏也不跳了，电话都从iPhone换成了国产手机。

大左的变化，大家其实心里都明白。

本以为有大左陪，拳姐失恋的事也就真是一会儿的事，可是没想到，前男友年底回来了，他整天赖在拳姐家小区门口不肯走。拳姐生性威猛，可偏偏对前男友却生猛不起来，拳头攥了几次又松开，到后来成了缩头乌龟，生活狼狈不堪。

忽然有一天，大左约拳姐在小区门口见面，说有特别重要的事，拳姐只好硬着头皮来到小区门口。

大左指着不远处在车里蹲守了拳姐好几天的前男友问："他是不是那个害我当初挨你顿揍的小子！"

拳姐不明所以，顺着大左手指的方向看了一眼不远处的前男友，点了点头。

前男友也看到了拳姐，正打开车门走出来。

可前男友万万没想到，一个陌生男子会走上前对他一顿拳打脚踢。

他更没想到，这个陌生男子嘴里还念念有词地自我介绍："我叫大左，你想什么时候找我，我随时奉陪，但是我警告你，你要是再敢来纠缠我媳妇儿，我就宰了你，你信不信！"

后来，警察把大左带去派出所蹲了小半夜，还是拳姐把大左保了出来。

一出派出所大门，拳姐就对着大左狂吼："我的生活和你有什么关系！你以为你是谁？自己一堆烂摊子，在我这儿当什么情感公关！"

大左没说话，低着头离开了。快午夜的时候，大左给拳姐发了一条信息，简单地只写了一句话："我知道你没睡。别难过了，我只是见不得你不开心。"

从此，大左就真的再也没出现过，也再也没来过我家，地板上的踢踏舞声也就此消失，四邻安逸和睦，倒是拳姐郁郁寡欢了好一阵子。

为了让拳姐尽快好起来，正逢拳姐生日，我们就给她准备了一场生日Party。拳姐喝了很多啤酒，豪情万丈，可我总是觉得她时不时会失神，眼睛也会盯着地板好一阵。

午夜时分，拳姐下楼回到家，一个巨大的快递包装箱摆在拳姐家门口，拳姐脑子里忽然划过曾经和大左的聊天，大左说一定要送拳姐一款一米八的大熊，会说话，能加热，可以抱着睡觉，还可以没事揍揍。

拳姐想起了对大左说的那句话："你要是能买到，我就再也不对你动武了。"

她的眼泪忍不住了，没想到这家伙真买到了。

拳姐在门口一点点拆开包装箱，她苦笑着，不知道这只大熊是咖啡色的，还是白色的，其实拳姐更喜欢紫红色的。可没想到，从里面蹦出来的，竟然是大左！

他满头大汗，大口地喘着气，嘴里还不停骂着："哎哟，这帮畜生，想憋死老子呀！"拳姐张着嘴，惊得花容失色。

大左依旧气喘如牛，指着箱子底："箱子放反了，通气孔都堵死了，女侠你又救了小生一命……"

拳姐眼泪又下来了，她攥起拳头准备出击，大左忙双手抱头作防守状。可拳头并没有落下来，拳姐松开了手，转身，眼泪掉了一地。

大左在身后喊："这段时间，我去找你要的那种大熊，可是没找到……"

拳姐没有回头。

"不过，我发现我挺不错的。"说到这儿，大左看了看自己这一身毛绒熊的居家装，脸有点红，"一米八，会说话，也能取暖，而且不用加热，永远恒温，当然也可以抱着睡觉，还可以没事揍揍，不过，下手别太狠啊……"

拳姐破涕为笑,她转过身,举拳就打,大左求饶,可拳头依旧一下下落在大左身上,可这时,大家也都知道,这是甜蜜。

"说好不打的,不是说好了,有大熊就再不打我了吗?"大左喊着疼。

"可是你现在不就是我的大熊吗?"拳姐继续追打。

从此以后的故事,我想你们也知道了吧,大左成了拳姐的大熊,拳姐可以靠一靠,取取暖,当然啦,没事揍揍,发个朋友圈秀秀,祝福他们吧!

其实生命里,我总听有些人说:"那都不是事,是事就一会儿。"

可这一会儿到底有多虐心,多难熬,知道吗?

那些女汉子,没有伤痕和死穴吗?

那些女汉子,她们嘻嘻哈哈笑脸迎人,内心难道不累吗?

她们撑着一副钢筋铁骨在世间行走,隐藏得太好了,可掩盖得再逼真,也需要人去抱一下,暖一会儿。

放下伪装和盔甲,放下疲倦和防心,我知道,女汉子其实没那么彪悍。

她们是真女子,假汉子。

给自己一场旅行，是与周边景物的约会

高珊珊如今变了。

三年前我看到她的时候，她还是一个挽着男友寸步不离的柔弱女生。那时候她一直说自己是离不开男友的，男友如果是高山，她便是河流；男友如果是河流，她便是小鱼。总之不管怎样，没有他，她便活不了。如今，我再次看见她的那刻，她一身褐色风衣，高筒靴，这样的OL气质，让印象里本是"软妹子"的柔弱形象一下子变成了洒脱自信的女孩。

高珊珊昂着头，好像整个人完成了一次蜕变一样。

那一刻，我承认，我看高珊珊看得眼睛都忘了眨。

"日本之行让你脱胎换骨了呢。"我轻叹，两个人便坐在了咖啡店里，聊了起来。

高珊珊端起咖啡，轻抿了一口，脸上带着浅浅的笑："说到底，我还真是要谢谢男友当年抛弃了我，让我遇见了新世界，如今我成长为我喜欢的模样。"

大学毕业，与男友结婚这件事，成了高珊珊的心病，她害怕哪天男友就甩开她去另寻新欢了。男友受不了高珊珊成天叨叨，便假借着出国留学提出了分手。

一哭二闹三上吊，她什么方式都用过。男友像甩掉包袱一样，从接电

话，到挂电话，最后到关机，高珊珊的心也从热血直降冰点。

恰巧我刚从日本游玩归来，玩心还未收，看她心情差到谷底，我忍不住提出了一个建议："别愁眉苦脸啦，跟团去日本玩玩吧，放松一下。"

我拍了拍她的肩膀，思绪好像回到了自己在冲绳岛潜水的时刻："面对一望无垠的蓝色，纵身一跃，水花飞溅。周边五彩的珊瑚等我去探究，梦幻的水母在朝我招手，那刻，我屏蔽了所有陆地的嘈杂和繁华，我丢开了所有世俗的悲伤和世故，想象着自己单纯地就如同一条小鱼，自在地畅游。真的，是一种洒脱的快感，是一种心灵的超脱，没什么比这更舒心的事情了……"

我一边啧啧感叹着美景，一边试图拉一把迷途的高珊珊。

第二天，高珊珊就报了团，来了一场说走就走的旅行。

我以为，她是听进了我的劝告，去日本放松身心，但是对高珊珊而言，她是为了追随男友，因为男友大学时学的就是日语专业。

当然，她追随男友的事我是后来才知道的，当初我若是知道，一定拼命拦下她，更不会给她出这个馊主意。

不过现在看来，对于高珊珊来说，日本之行也算是成就了她的碧海蓝天。

那时，高珊珊对日语一窍不通，那些日语，她觉得音调都一样，任何话都可以以"迪斯噶"组成。

日本之行的第二天，团队组织爬富士山，那可是日本出了名的仙山，甚至被日本人称作"圣山"。山峰高耸入云，山巅白雪皑皑。但千万不要被它美丽的外貌给骗了，它可是个厉害的"主儿"，五合目处，风云变化，云雾在被风带走的刹那，富士山顶会显露出一些端倪：刚才还是蓝天晴空，忽然一阵乌云就要把山峰遮住，好像瞬间就要"哭"出来呢。

很多人都说，到达富士山五合目（半山腰）就可以折返了，但高珊珊那组旅行团的游客们却摩拳擦掌，大家见惯了中国的名山巨峰，谁都没有把这小小的富士山当回事，高珊珊也是如此。可他们都不知道，五合目往上，地势愈来愈险峻，没有缆车，没有台阶，有的只是石头和沙砾，如果你想扶一把扶手，那你可真想多了，富士山有些地方甚至要手脚并用才能爬过去。

对于高珊珊这个软弱妹子，背着一书包的干粮，平时几乎不做任何运动，又是个非常依赖男友的主儿，即使给她安排最简单的登山线路，她也未必能完成。

这不，刚过五合目，她就有些气喘吁吁了。她侧身坐在石头上想休息一下，晚两分钟还是能赶上大部队的。

这一休息，激起了她拍照的欲望——风景真好啊！她噌瑟地拿起了手机，摆了无数个Pose，鼓嘴，笑脸，剪刀手，然后精挑细选了一张照片，各种亮肤、美白加磨皮，再加上卡通点缀，"啪啪啪"全部搞定后，美滋滋地发给同在日本的男友，还附带着一句话：我到了迪斯噶！

高珊珊兴致勃勃，期待着男友的短信。

可一转头，高珊珊突然发现，导游不见了。

自己这修图、晒图、发图的，竟然过去了大半个小时。

上山的路崎岖蜿蜒，看不到尽头，她的心"咯噔"一下漏了一拍，再环顾一圈，四周连一个人都没有。

高珊珊急坏了，大声呼喊，但传回来的只有她自己紧张的声音。

她赶忙拿起手机，找男友的电话拨了过去。

她希望男友知道这次她并非挽留他，而是陷入了困境。

可男友的反应和前几天一样，电话拨过去没几声就变成了忙音，再打过去，手机关机了。像是一个晴天霹雳，高珊珊蒙了。

她的腿都开始颤抖，她可是什么苦都没吃过，常年待在保护伞下，总想着有人来救她，有人来依靠。

终于，她等来一个上山的男人。男人全副武装，一看就是登山老手。这下得救了，高珊珊的眼泪一下子涌了出来，她紧紧地抓住男人的手，丝毫不肯放松，就像是抓住了一根救命稻草一样。

"带我去找我的团队！"高珊珊带着哭腔。

男人看了看她，说了一句她听不懂的日语，她愣住了。

日本人？为什么不来一个中国人？

"迪斯噶？"高珊珊硬着头皮，条件反射地说出这三个字。

男人不解地看着高珊珊，又说了几句日语，拍了拍高珊珊的肩膀，抽走了她一时恍惚没握紧的手，这次，高珊珊想抓，却再也没抓住，男人挂着登山杖继续登山了。

希望破灭，连存留的渣渣都没有。

高珊珊，你承认吧，你总是要靠别人，没别人你一点事都办不成。

高珊珊，你就像菟丝花，随处都可见一个个的小吸盘，依附在寄主上。

她心底一个声音默默贬低着自己，高珊珊越想就越难过，当四周围空气包裹她全身的时候，她哭了，哭得撕心裂肺，肝肠寸断。

一个人在国外，一个人在爬山，竟然还不知不觉一个人迷了路。

从前在中国的她，可从来没想过自己会有一个人的时候。富士山上的风特别大，她蜷缩着身体，孤独无靠。

突然，她看见了不远处有一棵树。该怎么形容呢，这棵树像是松柏，但又不太像，更奇怪的是，它呈现着一半茂盛一半枯萎的样子。

这样也能生存？高珊珊难以置信地张大了嘴巴。她走向那棵树，用手摸了摸树的身体，左边茂盛的地方潮湿精壮，右边干瘪的地方却一碰就碎。

高珊珊环顾了好久，她甚至还看见干瘪一侧的根部，周边的花花草草依然开得茂盛的古怪样，突然心情不再那么糟糕，好像是发现了一处心灵场所一样。

高珊珊研究了很久，拿着相机也拍了很多照片，然后决定继续朝前看看。其实那刻，她只是好奇前面的花是不是和这边的一样，还没有动起爬山的心思。

"往前走,我看见了乌鸦!"高珊珊看着我,我能看见她眼睛里闪着光。她拿出手机给我看照片,"这样与景物的自拍照,像是约会一样吧?特别奇妙……"

富士山有一群乌鸦飞过,高珊珊原先只在电视剧里看过,这么一大群,并且"哇哇"叫着的乌鸦,在国内很是少见。但是高珊珊可不怕它,她知道,乌鸦是日本人心中的神鸟,在日本文化中是超度亡灵的使者。那么乌鸦的叫声就像是为她保驾护航而奏起的乐章,这么一想,就连乌鸦本身给人带来的黑暗的、恐怖的心理阴影都褪去了不少。

高珊珊一路看着风景,心情也变得格外美好,连步子都快了不少,不知不觉,她便开始了这飞沙走石的爬山之路。

富士山真美,说的是五合目下。

从五合目往上,人不多,但是路况越来越差,从一开始的沙石路,到后来用木栅栏简单弄的阶梯路,再到后来的手爬路……分分钟考验人的毅力和耐心。高珊珊不断安慰自己,不断给自己打气,一路上看到一些家庭,都是带孩子一起来的,小孩装备都很专业,而且不哭闹不喊累,非常懂事。

这时高珊珊才惊醒,小孩子都知道要学会坚韧,学会面对复杂的环境,而自己遇到事情,却只会一味地去寻找男友,找来找去,反而找不到自己了。

高珊珊抬头,看见了灰蒙蒙的天空;高珊珊低头,看见了火山运动产生的带气孔的黑色石头。她越来越觉得,每走上一个小地方,感受都不一样。

终于,功夫不负有心人,在历经好几个小时后,高珊珊爬上了富士山顶峰。黄昏带给富士山别样的味道,四周的白云就像在她的身边来回游动。短短的五分钟,却将这一天的疲惫立马驱散,那一抹夕阳映在高珊珊脸上那刻,她看见了同行的伙伴,按捺不住,又一次哭了。

远处的旅客越欢呼雀跃，高珊珊哭得越大声，不是因为终于找到了部队，也不是因为克服重重困难爬上了山，而是她突然明白，多亏这些景色的陪伴，多亏这次不一样的旅行，她终于可以做回自己，这样的感觉太好了。

"珊珊，那些与你相伴的景物，才是帮助你成长的。"我欣慰地笑了。

"公园、树木、花朵、空气、阳光，那些生活里我们轻易忽视的小小细节、小小景物，好似有着一种独特的吸引力，你不知道，去发现它的过程是有多奇妙。"高珊珊的眼里闪着光亮。

高珊珊在山上选择跨出的第一步，便是她蜕变成新的自己的第一步。

自此，高珊珊迷上了这样的生活，她太想出去看看了，于是她学着一边打工一边旅游，在一年里，将日本所有的地方都玩遍了。

如今的高珊珊，虽然她的日语水平还是一句简单而不着调的"日本迪斯噶"，但她独立、自主，也坚强了不少，甚至举手投足都带着不一样的韵味。

我们一个人走在路上，总能听到这样的疑问：怎么一个人出来旅游，连说话拍照的人都没有？

其实不然，龙应台《目送》里有句话："只有一个人走在路上，你才能和风景单独约会，把整个心思专注在行走上，身边多了一个人，你就会把一半的心分给另外一个人。"

是啊，当我们烦躁抑郁，当我们背负了太多的压力和包袱的时候，与自己来一场旅行，这是与景物的一场约会！

浮生闲日，丘山田园，累的时候可以凝神散心，烦躁了来吸一口新鲜空气，我们会发现，进去的是颓靡，出来的是新生。

这些都是景物带来的魔力，你发现了吗？

你的生存指南：硬汉停，软男行

我有一个同事叫大杨，年过不惑，公司的老员工，在公司十年如一日兢兢业业，一丝不苟，只是一直没有得到什么重用。

可大杨为人乐观豁达，平和自在，虽渴望得到认可，但却从不为了升迁加薪这样的事去耍心机。

认识他的人都知道大杨是个顾家的男人，而且特别怕老婆，老婆说一不二，他在家属于完全丧失主权。

但大杨还有一点，他除了怕老婆啥都不怕，有一次公司来了个不速之客，带了几个混混在公司无理取闹，谁也没想到，大杨第一个怒了，抄起桌上的键盘砸了过去，大有"但使龙城飞将在，不教胡马度阴山"的气概。

这件事传遍了整个公司，大杨成了公司头个硬汉，可他依然怕老婆，久而久之，他有了一个"软杨"的称号。

我还认识一人，也姓杨，我的一个亲戚，而立之年，事业顺遂。平时做事谨慎，小心翼翼，他啥都怕，可唯独不怕老婆，在家说一不二，趾高气扬，认识他的人都叫他"铁杨"。

说来无巧不成书，人生何处不相逢。

软杨和铁杨通过我彼此相识，在KTV一起喝酒，软杨开始的时候电话一扔，酒是一杯接一杯，一式大海无量，技惊四座，勇冠三军。

可一过十点，软杨接了一通电话后，便起身匆匆告辞，就像听到午夜钟响的灰姑娘。

而铁杨恰恰相反，刚开始小心谨慎，每一通电话都要跑到KTV房间外面去接听，生怕失礼。

可十点一过，把手机往空酒杯里一扣，领带一解，衬衫一撕，瞬间变身X战警，野性，奔放，威武！

其实我们都知道，十点以后给他们打电话的不是别人，是他们各自的老婆。

一个军令如山，弃我们拂尘而去，被大家骂无情无义。

一个置若罔闻，陪大家肝胆相照，被大家赞豪情万丈。

不久前，公司成立了一家新的分公司，为了能够顺利步入正轨，公司决定从总公司调遣几名老员工过去做负责人，顺便带带新人。

软杨被老板钦点，派去分公司做业务部经理。这决定一宣布下来，引来艳羡无数，当然也有人感叹，多年媳妇熬成婆，软杨终于有翻身的机会了。

总部对分公司的投入力度很大，自然员工待遇也不错，唯一一点就是离市区远了点，软杨上下班一个来回需要两个多小时，有时候赶上加班基本就不用回家了，到家天都亮了，然后再马不停蹄地赶早高峰上班，得不偿失。

所以，分公司刚起步那段时间，软杨基本就等于住在了单位。

别看软杨平时慢条斯理，工作起来也是十足的工作狂，很多项目上的细节都要亲力亲为。老板对软杨的表现非常满意,心里乐开了花。

可是软杨已经不再年轻,一段时间的加班,让软杨的老胃病又犯了,吃不得冷饭的软杨,只能用大把大把的胃药顶着顿顿冷盒饭带来的强烈胃疼。

再后来,公司里很多人都能看到软杨的太太按时出现在公司里,早中晚各来一次,每一次手里都拎着一个巨大的饭煲,里面一层套一层,能摆满软杨整整一张办公桌,真是羡煞旁人。

饭煲里装满了老夫老妻间的爱意,当然也能看出软杨在家的样子,只要太太一到,无论当时软杨手里忙什么,肯定马上停下来。

他对太太言听计从,让先喝汤绝不敢先往嘴里扒米饭,每次都要把太太开开心心地恭送走,才会继续投入工作。

分公司毕竟刚刚起步,很多事情也不是努力就会一帆风顺的。有段时间分公司的业务开展进入到瓶颈期,老总来分公司开会,研究解决近期一些比较棘手的问题,会议气氛一度紧张到人人噤若寒蝉,软杨和团队的几套策划案都被推翻。

会议开到晚上六点,依旧没有什么头绪,老总在会议室正襟危坐,表情很臭。而这个时候,软杨太太拎着她那个巨大的保温饭煲来到了公司。她隔着窗户向软杨兴奋地招着手,想必是晚餐。软杨坐不住了,起身出去。

软杨一出门,太太快步走到他面前:"今天我做了你最爱吃的法式酱鹿肉哟,这次成功了,保证你吃一口就会爱上它……"

软杨知道太太研究这道菜好久了,屡试屡败,屡败屡试。

软杨指着公司会客区的长椅:"你先去等我一会儿,我在和老总开会,马上散。"

太太的表情里有点失望,她微微地噘起嘴:"再重要的会也得吃饭呀，不能吃完再开呀？"

软杨也显得很无奈，他的手指在脖子前一抹，伸出舌尖。

太太会意，叹了口气："好吧，要快点开完，鹿肉凉了的话就会变硬，那就不好吃了。"

软杨用力地点了点头，目送太太悻悻地走向会客区。

软杨回到会议室，会议继续，老板依旧摆臭脸爆粗口，每个人都低着头，一筹莫展，其实大家心知肚明，这时候谁接茬谁挨喷。

时间一分一秒过去，七点多了，会议依旧僵持在这种近乎凝固的气氛中，不料这时，"咚咚咚！"有人敲门。

秘书把门打开，是软杨的太太，她拎着大饭煲走进了会议室。

"谁！干什么的！"老总怒气未消，对走进来的软杨太太很不满。

"我是来给我们家大杨送饭的。"软杨太太拎着饭煲，被会议室里的气氛吓得有点紧张。

"送什么饭，没看见我们在开会吗！出去！"老总示意秘书把人请出去。

"可饭快凉了，我们家大杨的胃……"

"我说话你没听见吗？滚！滚出去！"老总非常焦躁地摆手撵人。

秘书伸手拉软杨太太的胳膊。

"把你的手给我放开！"软杨忽然从座位上站了起来，指着秘书一声吼，吓得秘书马上缩回了手，他站在原地愣愣地看了看软杨，又看了看老总。

老总怒火中烧，一拍桌子也站了起来："我告诉你们，今天案子定不下，谁也别想吃饭！"

软杨二话不说，走到太太身边，拉起太太的手就往门口走。

"老杨，你干什么去！"老总喊。

软杨回:"吃饭去!"

老总暴跳如雷:"我很负责任地告诉你,要是现在你敢走出这扇门,以后就不用回来了!"

软杨拉着太太的手,未作半秒停留,径直出了会议室。

那次和老总闹翻,惊起的波澜确实不小,软杨被打回原籍不说,降薪、反省,一个也不能少,更严重的是被老板打进了"冷宫",他这个岁数想再翻身估计没可能了。

公司里很多人为这位平日宽以待人的暖叔感到惋惜,同时也大为不解。

有一次,公司人晚上出去聚餐,席间借着酒劲儿,加之事过境迁,我们便和软杨聊起了那场"以下犯上"的事故。

软杨当时喝得微醺,他笑着反问我们:"听过'冲冠一怒为红颜'吗?"

"咋啦?软叔,你这也是为红颜呗?"我开玩笑。

软杨哈哈笑:"对啊,所有的人都有勇猛的时候,就看为了什么。"

"那你这也太勇猛了,公然挑战老板权威,倒真不愧是公司第一猛男啊!可不管怎么样,总不能和自己的前途过不去吧,值吗?"同事问。

"我当小员工的时候,我老婆她啊,从来没嫌我挣得少,一路走过来,半句怨言也没有。在她心里没有望夫成龙的梦,她的梦就一个,那就是当她被噩梦吓醒的时候,一睁开眼能看见我在旁边,这样她心里就会踏实,就觉得日子不赖……"软杨小酌一口,脸上泛着微微红光,"所以说,我因为一个升迁的机会,破坏了我已经朝夕怀抱了二十多年的幸福,我觉得这才是不值。"

软杨拿出了口袋里的电话,我们抬头看了看时间,刚好十点钟,大家看着软杨会心一笑,知道软杨又要开启灰姑娘模式了。

软杨笑着说："你们都说我怕老婆，其实还真是，我这辈子就怕她，怕她吃不香，怕她睡不好，怕她生病，怕她离开我……"

话音刚落，软杨的电话准时响了。

"没喝酒，没喝酒，不信你闻……"软杨对着电话吹了一口气，然后哈哈笑着和我们挥手作别。

他的举动让我的心里莫名升起一缕温暖，刺激起我对家的渴望与希冀。

前不久铁杨来我家，进来一屁股就坐在沙发上，呼呼喷着酒气。他将整个身体重重摔进沙发里，仰着头看着天花板，他涨红的不仅是脸颊，还有双眼。

原来，铁杨最近不见人是回了趟妻子的老家，两口子虽然同行却没有牵手，因为妻子去世了，铁杨是捧着妻子的骨灰落叶归根，入土为安。

说到这时，铁杨已经掩面而泣，哭得说不出一句完整的话。

我如鲠在喉，觉得空气都成了这个世界上最难吞吐的负担。

铁杨和我说起了好多过往，他曾经承诺妻子等攒够钱就带她去旅行，去看这个世界浪漫的美景，去吃这个世界好多入口难忘的美食。

可日子赶着铁杨往前走，到后来，他觉得好多地方都比家里美，在家待不住；好多美食让他难忘，觉得妻子做的东西越来越寡淡无味。当初的承诺渐渐成了无法兑现的无效信，曾经的甜蜜眷恋渐渐变成最无趣的陈芝麻烂谷子……

我问铁杨："遗憾吗？"

铁杨使劲儿地摇头，不是遗憾，只是很多往事让他不敢回首。

铁杨想起妻子临终前的晚上，被病痛折磨得骨瘦如柴的妻子忽然有了精神，她拉着铁杨的手告诉他，她想回趟老家，回到和铁杨刚认识的地方，再被铁杨追一次，求一次婚，那时候她最美，铁杨最Man。

铁杨离开我家的时候告诉我，他妻子是一个人去医院取的诊断报告，乳腺癌晚期。她曾打电话让铁杨陪她一起去，可铁杨当时正在陪客户，几句习以为常的怒骂，一声果断的挂断，让这一切成了他这辈子再不敢去面对的回忆。

人前教妻，背后教子，想想真是荒诞和讽刺！

午夜，我站在阳台上，窗户全被我打开了，风里带着咸味和酸劲儿灌进我的鼻腔，钻进我的心里，不知道为什么我就是难受得睡不着觉。

如今，软杨回到了老公司，继续默默无闻地坐在格子间里，工作上游刃有余，生活上安贫乐道，午休会和老婆打一通电话，一起敲定晚饭吃啥。

是啊，软杨还是那个公司猛男，路见不平一声吼，遇到流氓敢出手，大爷摔了敢伸手。但他回家，也依旧做回她的软绵羊，日子过得喜洋洋，依旧讨厌加班，因为菜会冷，老婆会等；也依旧怕老婆，因为爱，怕就是满满的爱。

两情若是久长时，就应该"朝朝暮暮"。

铁杨呢？

生意场很成功，应酬也多，酒也越喝越多，可是酒精这东西有时候真的太怪了，热得了人际关系，暖得了肠胃，却怎么也解不了内心的冰霜……

一身酒气回家的铁杨，推开门再也没有人扶他上床，没人再为他褪去一身灰尘的白衬衫。半夜醒来，床边再也没有那杯温热的蜂蜜水，倒是有一块冷面包，上班路上边等绿灯边把它啃完，噎得直流泪。

铁杨常常和我说，他曾经啥都怕，就不怕老婆，现在也不怕，因为没了！

千里孤坟，无处话凄凉……

其实我们每个人都是刚柔并济的高手，只是我们刚猛于谁？温柔何处？

有些人内柔外刚，所以小日子过得甜，就算是苦日子也苦不起来。

而有些人开门和颜悦色，笑脸迎客，可关上门却在最在乎你的人面前横眉冷对，这样的生活谁也没法过长久。

有一个称呼，一个重要角色，也许还未曾出现在你的生命里，也许已经在你的身旁，也许你已经错过，但无论怎样，你都应温柔地道一声："我爱你。"

世界那么大，装相给谁看

忘掉一个人到底需要多长时间？我常看到网上有人问这个问题。

其实这个问题真的特别俗套，但给出的答案是千奇百怪的。

我有一个表妹，她是我众多表妹里和我走得最近的。

自然，她的情商智商我了如指掌。唯一我对她钦佩的，是她那疗伤自愈的速度之快，简直秒杀博尔特。

午夜时分，我坐在电脑前赶稿。

哦对了，忘了说，我就是众人说的，最难搞的处女座，各种纠结，各种追求完美。每次写稿刚开个头，又被我狂按Backspace键删得一干二净，然后再重新开个头，不满再删掉。整整一晚，我都是如此翻来覆去。

大家都说处女座是奇葩，但我觉得，或许这也和家族遗传基因相关吧。表妹不是处女座，但她却和我"臭味相投"，纠结起来不像人，完美起来不是人。

具体说吧，表妹和我一样，遇见悲伤的事就会很长一段时间走不出，在自我封闭的世界里绕盘山道，上去再下来，下来再上去，搞得自己精疲力竭。

这不，我大呼了一口气，把刚敲好还算满意的段落保存了一下，忽然手机亮起，表妹给我发来一条微信："姐，咋整，我还是忘不掉他！"

我问："你还有他电话号码吗？"

"没有，都删掉了，可还是忘不掉他……"后面跟了一串愤怒表情。

我又问："那你能找到他家吗？"

表妹回："能，怎么了，姐有啥妙招？"

"去他家楼下，约出来，揍一顿！"

表妹不再回我，我放下电话，回到稿件前。

我以为今晚要告一段落了，可半小时后，表妹打来电话，呼吸急促："姐，下来，我到你家楼下了。"

"啥？一浪更比一浪高啊，你不是真想揍他一顿，顺便让我去做个见证？"我换上厚外套下楼，其实在换衣服的时候我又纠结了一下，因为我想着，如果表妹和她男友在我面前打起来的话，衣服厚点抗击打能力就会好些吧。

隆冬的子夜，外面的空气变得凛冽清爽，不知道什么时候，天上下雪了，是那种淅淅沥沥，不算鹅毛的雪。

我哆嗦了一下，原本昏昏欲睡的神经在触碰到那小冰花的瞬间精神百倍。表妹对我挥手，她只穿着一件韩版毛呢外套，大大的，足够装下两个她，打底裤是厚绒的黑色，背一款带有铆钉的双肩包，一派潮流。

我有些担心地问她："大冬天的，就穿这么点？"

"姐，我贴了暖宝！"表妹咧嘴，笑得有些牵强。

"也是，不过啊，揍人会让你热血沸腾，不贴也没事……"我开玩笑地说着，但表妹却继续一脸忧郁，她的眼圈红红的，鼻头也红，一看就是刚哭过。

她蠕着鼻子对我说："姐，陪我去个地方吧。"

"那地方去完了会有助睡眠吗？"我问。

表妹点点头。

"那就开车去,速战速决,省得你深更半夜再出来害人害己。"我摸了摸表妹的头,从手提包包里拿出车钥匙。

一路上,表妹坐在车后座一言不发,连气氛都变得略微尴尬。

我打开了车窗,外面的雪越来越大,风灌进车内,呼呼地响。

我闻着空气里冬天的味道,虽然寒风凛冽,却总比眼泪的味道好些。表妹在后座上哭花了脸,她继续囔着鼻子:"姐,你说,我要是不认识他该多好啊!我希望自己可以回到原点,在他那句'真高兴认识你'开始之前……"

我看了看后视镜里的她,带着一身尘土的味道。

她的生命里,有了一个男人,一路爱了过来,就像是留下了刻骨铭心的字样,最后老死不相往来,难免会呛得鼻子酸,眼睛热。

表妹有个喜欢了三年的男神,下个月结婚,可新娘不是表妹;而男生给表妹请帖的时候,他的脸上甜蜜泛滥,还闪着刺眼的光。

那时候表妹刚毕业,在人民广场的广场管理处实习。

对,你没猜错,就是那个"我在人民广场吃着炸鸡,而此时此刻你在哪里"的人民广场。由此也足可见我国"人民广场"的星罗棋布,同样,每一处人民广场发生的故事也是如浩瀚繁星,每天都在闪烁,每秒都有可能坠落。

这个故事就开始于表妹和她工作的人民广场。表妹实习时工作不是很忙,负责按时检查广场周边的公益设施是否有损害以及损害程度。这是一项基本没有任何技术含量的菜鸟工作,可就是这么一项简单的工作成了表妹这段感情的开始。

表妹所在的人民广场年代久远，线路老化严重，广场的亮化总是出现问题。

记得那是表妹实习的第二个星期，天有点入秋，广场亮化一盏灯都没亮，管理处联系了亮化承包单位，就这样，表妹第一次遇见亮化男神，不仅人长得帅，而且声音还极富磁性，分分钟会被小女生扑倒的那种"高级物种"。

当年的表妹特别内向，除了会红脸，剩下的就是祈求人民广场显显灵，灯别那么快修好，自己也能和男神多相处一会儿。

也许人的意念真的蕴含着无穷的魔力，抑或人民广场的线路真的是太老了，那晚的灯就是一盏也亮不起来。晚上十点多了，表妹看看男神忙忙碌碌，心里的小鹿乱撞，但亮化男神和他的助手小克却一筹莫展，找不出原因。

晚上有点冷，表妹远远地站着，她只穿了件短袖衬衣，身体有些哆嗦。可她心里却非常美，满眼都是亮化男神夜色中的身影。

这时，男神忽然回过头望向表妹，表妹马上低下头，害羞的样子像是被抓了现行的孩子。男神走了过来，表妹的心都快跳出来了，男神将自己的毛呢外套脱下来披在表妹身上，然后转身回去继续排查线路。

外套太暖了，快把表妹的心暖化了。

临近午夜的时候，男神终于找到了短路点，排查完成，人民广场上灯火闪烁，亮进了表妹心里。

表妹看着眼前的男神，瞬间觉得他的智慧无人能及，他的温柔无人能比。她第一次鼓起了勇气："嘿，为了感谢你，我们去吃夜宵吧！我请客。"

男神摸了摸肚子，是有些饿了，于是三人行，一起去吃夜宵。

席间，表妹鼓了好几次勇气想给男神夹菜，可是依旧不敢，她的眼睛也不知道偷瞄了多少次男神，可始终无法正视男神的双眼。

那时候的表妹就那性格，看着就让人着急，所以她每次想给男神夹菜，都要先给小克夹，然后再给男神夹。

整场夜宵，表妹在小克和男神的碗里垒起了高高的"菜塔"，堪称壮观。

当表妹反应过来的时候，男神和小克已经乐得直不起腰，手里老高的"菜塔"摇摇欲坠。

后来，男神送表妹回家，临上楼，男神和她握手道别："认识你真的很高兴。"

表妹红着脸拼命点头，她嘴上说不出，心里却乐开了花。

是呀，认识你真的很高兴。

从那天起，表妹恨不得人民广场的亮化系统天天出问题。只要亮化系统出了故障，大家都愁眉苦脸，唯有表妹难掩喜上眉梢之色，因为这意味着可以见到男神，意味着他们又有重聚的机会。

我后来一直说她，这是典型的"挖社会主义墙脚"，居心叵测。

表妹会做一种芒果味的热奶茶，每次亮化系统有故障，表妹都会提前准备两大杯，坐等男神和小克到来。

从那以后，男神和助手小克时不时就会来人民广场，有时候灯没坏也会来，因为表妹做的芒果奶茶真是太好喝了。

圣诞节将至，天特别冷，还下着鹅毛大雪。

但这丝毫挡不住表妹的欢喜，因为男神要约她单独见面了。这是他们第一次约会呢！表妹想着想着，兴奋得晚上睡不着觉，起身连敷三张面膜，修好几遍指甲，根本停不下来。

约会地点就是人民广场，男神让表妹先到，因为他要给她一个惊喜。

一个雪人帅哥，男神自己堆的，有点像《冰雪奇缘》里的雪宝，胡萝卜鼻子，呆萌笑容，像极了表妹心里憨憨的男神。

那一刻表妹真的觉得自己就是安娜公主，她的克里斯托夫就在身边，他会技术，人帅而且不花心，主要还这么浪漫。

男神和表妹坐在了旁边的长椅上，他一边喝着表妹装在保温瓶里的特制芒果味热奶茶，一边告诉表妹带她来人民广场堆雪人的原因。

因为雪人时刻不忘表达微笑，但它却是眼泪做成的。

笑在严冬重逢，春暖花开化成眼泪作别，从来不作任何掩饰。

男神说，人们的表情其实就是由快乐和悲伤组成，无论喜怒哀乐，最后都凝结成微笑或眼泪展示给别人看，所以说生活本身是什么样子，我们就该去直面它，和生活照镜子是一种态度，更需要一种勇气。

表妹被这有着帅气脸蛋、浪漫情调，如今还带着些人生味道的出口成章深深吸引，无法自拔。

男神太棒了，还主动约自己，果真和自己是心有灵犀。

但是她丝毫没有意识到，其实男神在人民广场说这番话的原因是，他误以为表妹对小克有好感，从夹菜开始到每次的芒果奶茶……但看表妹性格内向，一直刻意躲避小克，所以他看着着急，才会在圣诞节前夕想促成这段姻缘。

这些，表妹是后来才知道的。

她终于开始相信，善于表达才会得到幸福，无论是微笑还是眼泪，那都是自己的权利和该承担起来的生活中必不可少的一部分了。

因为男神的乱点鸳鸯谱，让表妹的表白计划推迟了，一直到了第二年的圣诞节前夕。

这一年的圣诞节是表妹约的男神，地点依旧是人民广场。这一次是表妹堆了一个雪宝,胡萝卜鼻子,呆萌笑容,表妹还为雪宝准备了一款巧克力做成的礼帽,听人家说用巧克力求爱,成功率翻倍。

她小鹿乱撞地红着脸表白了,可男神站在对面傻了眼。

事与愿违,表妹的表白并没有成功,男神一直当表妹是小妹,百般呵护只有温情没有爱情。可表妹虽然告白失败,却没有放弃。

好像喜欢一个人就是这样,除了那句"不爱你",她什么都信你。

直到前段时间,男神的喜帖送到表妹手里,这才断了表妹一切的念想。

我和表妹到了人民广场,表妹跳下车,她俯下身开始堆雪人。雪是积了点,勉强能够堆成一个小人物。表妹跳着向我招手,示意我过去。

"不是吧,你又要堆雪人?"我跳下车,哆哆嗦嗦地向她走去。

这一次的雪人是我陪表妹一起完成的,表妹的背包里准备了胡萝卜和巧克力做成的礼帽。三年来,堆雪人的人不同,可雪人每年都会光临人民广场。

最后,表妹将身上的毛呢外套披在了在雪人的身上,轻轻拍了拍粘在毛呢外套上的灰尘。

"好啦,到此为止,这事就算这样了结了,谢谢你!"表妹的声音和视线在雪宝面前都有些颤抖。

我站在表妹身后,突然觉得这样的感觉有点像扫墓。

此处无声最好,你见过哪个陪你扫墓的人,会在墓前喋喋不休吗?

"我最后再为你哭一次,你说当雪人融化的时候,眼泪也会蒸发了……"表妹蹲下身,头深深埋进膝盖,那哭声在人民广场的雪地里回荡。

我转过头,风有点大,我迎风流泪的老毛病又犯了。

其实表妹没有后悔过,这份爱,也足够有始有终。

第一年,男神为她在人民广场堆了雪人。

第二年,她为男神在广场堆了雪人。

第三年,我和她在广场上再一次堆了雪人。最后她为雪人披上的那件毛呢大衣,寓意着,当初你给过的温暖,给过的微笑,都在此刻,与眼泪一起还给你。

把表妹送回了家,我再一个人开车回去。

到家后,我打开微信问她:"美女,睡了没?这下心里踏实了吧?"

表妹没了回音,可微信窗口上方一直显示着"对方正在输入"。

"亲妹,醒醒吧,你是不是脸压在屏幕上睡着了?"我笑着发出一段语音。

还是"对方正在输入"。

过了好久,表妹终于发来一条微信,很简短,只是一个笑脸,微信基础表情里的第一行,第一个表情。

那么长的时间,她一定是一直在写,然后删掉,再写,再删掉,纠结、踌躇,所有语言都难以名状,最后付诸一笑。我知道如今的表妹已经不是那个不善表达的内向小妞了。

经过三个雪人的堆砌和融化,如今的她已经懂得了真正生活的意义。

我们应该用最真实的表情去面对,对你笑是真的开心,对你哭是真的难过,现在的表妹活得真实多了。

"洗洗睡吧,掸去身上灰尘时,总会呛到眼泪流……"打完这句话,我想起了刚才在人民广场的那个雪人,想起了表妹发给我的微笑表情。

是啊,微信里有好多表情包,个个都足够生动,个个都表情丰富,个个都特别形象地表达了所有的心绪和状态。

或许微信也在告诉我们一个道理:你会遇到很多人,经历很多事,但微笑面对才是第一位的。

那么，我们何必在生活里伪装自己，若是这辈子还要为了笑给别人看而努力，人生是否太可悲了呢？

午夜时分，我又坐在电脑前赶稿。

哦对了，刚才说过了，我就是众人说的，最难搞的处女座，所以各种纠结，各种追求完美。每次写稿刚开个头，又被我狂按Backspace键删得一干二净，然后再重新开个头，不满再删掉。整整一晚，我都是如此翻来覆去。

我和表妹的这股纠结劲儿都是家族遗传，但我们又不同。我只会在心里纠结，和自己较劲，恨不得憋出毛病；但表妹不一样，现在她已经学会了表达，所有纠结的事都已过去，快乐很长，悲伤转瞬即逝。

事过境迁后，我们有一天回头想想，我们每次爱上一个人，后来不幸又和这个人分开，整个过程就像一个蹩脚的故事开头，只是敲打下去的文字可以彻底删除，而那个人却很难轻而易举地忘记，整整一个寻爱季我们都在这样度过。

亲爱的，享受爱情时我们会笑，那就尽情放肆地笑，故作矜持给谁看呢？"人生得意须尽欢"就是这个道理，爱笑的人总不会丑到哪儿去。

而当我们失去时，狠狠地哭一场，算是祭奠了这场爱情，何必忍住眼泪，憋出内伤呢？

在这个世界里，我们不必无病呻吟，更不必强颜欢笑，谁的头顶上没有灰尘，谁的肩膀上没有过齿痕？觉得不舒服又何必装惬意，本来舍不得就不要装洒脱，掸去灰尘，总会呛到眼泪流，那它要流，就流去呗。

世界那么大，装相给谁看？

以梦为马，做个小卒，永不回头

谈到被老板骂，无人不知晓梓潼的"美名"。

记得我刚入职那会儿，梓潼可是出了名的"坐如针毡"。

她的胆子得天天提着，一不小心就会被老板的唾沫星子砸晕。

严重的时候，一天被老板骂的次数远远超过了老板开门叫咖啡的次数，以至于有段时间，只要老板推开门，伸出脑袋，梓潼就会瞬间冷汗涔涔。

"那个谁，你进来一下！"

老板耷拉着脸。

"那个谁，你带不带脑子开工！"

老板拍桌子。

"那个谁，我真的不知道什么样的形容词适合你！"

老板揉着太阳穴，闭着眼睛直摇头。

"那个谁，要不你另谋高就吧……"

老板一摊手，一耸肩。

梓潼就是"那个谁"。

那个默默无语两眼泪的小巧女生，那个被骂得体无完肤的无名小卒。

没错，拿梓潼的话来说，她就是小卒，无名无分的小卒，还被人摆布，横冲直撞，像极了中国象棋里"小卒过河不回头"的小卒。

大家都明白，梓潼也明白。她深谙职场道理，知道"自己如果不下地狱，没人会下地狱"的道理，可她仍心甘情愿做个小卒，爽爽快快，踏踏实实。

还真别说，梓潼对自己的了解可是鞭辟入里，她的个性里确实就真真正正地活着一枚永不后退、义无反顾的小卒。

其实，梓潼如今要遭这份罪完全是"咎由自取"。大学毕业后，她"冒天下之大不韪"，偷偷买了火车票，从四季如春的南方一路北上，来到男朋友的城市以解相思苦。可最后相思苦是解了，却马上又跳进了另一个更大的苦海之中——她在茫茫的招聘人海中，饱尝求职的颠沛苦。

终于，梓潼可算找到一份工作，但是她完全是职场小菜鸟，每天忙得焦头烂额不说，依然逃脱不了被老板骂得体无完肤的悲惨下场。

梓潼这姑娘就像那枚过了"楚河汉界"的小卒，顶着来自老板的唾沫星，一路狂风暴雨也不回头地往前冲着。这完全是因为那时候的她在心中想着，一路冲过去的方向有一座无比美丽的城堡，里边住着一位俊俏的王子，王子在等待着公主，然后他们一起过上幸福的生活……

每每想到这些，梓潼感觉自己就像披上了一身铠甲，眼前再猛烈的枪林弹雨，和未来的美好比起来，只不过是云烟过眼罢了。

梓潼是对的，她就是那枚小卒，除了"舍得一身剐"是她的闪光点，她毫无优势可言，于是就凭着这身冲劲儿，她成了公司里抗击打能力最强的姑娘。

但是她又是错的，自古都是王子爱公主，谁听过王子和马前卒从此过上了幸福生活的故事桥段呢？

有个风雨交加的晚上，梓潼加班，她又是最后一个离开公司的。

那天，在空荡的大马路上，在微弱的路灯照耀下，她看到来往稀少的人群，看见飞驰而过的轿车，突然意识到，她确实就是一枚小卒。

因为童话中王子还是要和公主在一起的。

她舍身扑向的那个王子有了自己的公主——男友有了新欢。

于是一句轻轻松松的"再见"就把他们之间的关系割舍得干干净净，她也就被孤零零地扔在了这座风雨飘摇的城市里。

再见，再也不见吗？

那段时间，每晚都是兜头灌来的冷雨，它几乎熄灭了梓潼的所有希望，万念俱灰来形容当时的梓潼也许再合适不过了。

她为爱情而来，结果爱情却消失在她命运的棋盘中，如今自己被杀得片甲不留，好像剩下的只有面前的一摊残局覆水难收，一地鸡毛徒留悲伤。

放在别人身上，也许是该回头的时候了，是该承认自己的一时冲动换回了这么一个可怜的笑话，也是该不断提醒自己尝尝这苦果，以后走路的时候好看准了。

但梓潼就是这样的姑娘，她不顾过去，不念过往，她只知前方，只冲梦想。

她不是千里马，可以日行千里来去如风；也不是锋芒毕露的大飞车，可以进退自如。她这枚钝刀小卒慢吞吞，举步维艰，但过了河，就是不回头。

梓潼抖抖尘土，重新上路。

她继续一小步一小步地在这座城市里厮杀，虽然踉跄，但这就是我们眼中小卒的伟大胜利，生来卑微，却未必脆弱。

她内心始终相信，就算自己在别人眼里无足轻重，可在家人眼中她依旧是那颗掌上明珠，爱情中输得一败涂地，可千万别再负了亲情。

前路的王子没了，可身后依然有自己的大本营，有一座巍峨的靠山，一颗分量十足的老帅压阵。在梓潼的心里，这个位置就是她的外婆，这也成了她能继续拼下去的勇气之泉。

记得梓潼偷偷离家出走的前夜，梓潼去外婆家，外婆一个劲儿往梓潼的上衣口袋里装煮鸡蛋——是外婆刚刚煮好的，专门带在路上吃的。

那时只有外婆知道梓潼要走了，而且去意已决。

外婆还知道这丫头从小就那样，特别犟，认准的事，十头牛也拉不回来，这点算是遗传，和自己一直不停往外孙女兜里装煮鸡蛋一样，谁也劝不住的事。

"丫头哇，你要记得，只要是你认定的事，这把老骨头永远给你撑腰。"外婆剥开一枚鸡蛋，塞进梓潼嘴里，就像小时候每次梓潼闯了祸，受了委屈时一样，外婆的煮鸡蛋好像可以把一切烦恼、害怕抛开，只要梓潼吃了它，就会有无穷的力量。

梓潼走了，她鼓鼓地揣了一口袋的煮鸡蛋奔赴他乡。上衣里的煮鸡蛋烫烫的，温度一直传到心口窝，最后竟然拦不住直达眼底，烫得梓潼眼泪向外流。而家乡的父母不知道她要去多远，也不知道她多久回来，软硬兼施，电话里三句不到就让梓潼回家。

梓潼到了他乡终于安顿了下来，她也从一开始被老板不断责骂，慢慢凭着自己努力一步一步改正自己的不足，最后，当有一天耳边的骂声渐渐少了，那么掌声自然就会多起来。挑剔的老板从整天朝梓潼摇头到开始点头，从整天摇手指让她Get out到开始朝她顶大拇指赞Great work，就这样，梓潼一步一个脚印，跌跌撞撞地在这座伤城里找到了上层的感觉。

两三年后，丰厚的年终奖可以让梓潼搬出胶囊公寓，住进有阳光、有沙发、有落地窗的三居室，她如今所有的一切成就都归功于自己的努力。

老妈的电话依旧每天如期而至，父母远方的记挂好像从来都不曾爽约，梓潼一边灌着咖啡为第二天的工作做足准备，一边听着来自家乡的絮叨。

可这次，老妈谈起的并不是何时疯够了才回家，也不是什么时候相个亲，把自己嫁了，这次，老妈的声音有些憔悴。

她告诉梓潼："外婆这次怕是真的不行了！"

咖啡洒在了第二天的重要文件上，沿着桌角流淌到新买的土耳其地毯上。梓潼站在原地一动不动，头脑一片空白。老妈为了骗梓潼回家，编过不少瞎话，但是从来不拿外婆说事，因为老妈知道外婆在梓潼心里的分量，也知道有些谎不能扯，万一一语成谶，谁也受不了。

爱情没了不要紧，人生路远，前面还会不期而遇，但是外婆就一个，就算自己活一百岁，就此别过后，就真的成了后会无期的遗憾事。

这枚皮糙肉厚、钢筋铁骨的小卒看来也有软肋，她还没真正孝顺过外婆，哪怕是陪她晒一上午的太阳，梓潼也未曾实现过。

外婆说不出话了，视频里本来圆脸蛋的外婆现在被病症削成了一具瘦骨。外婆执意让家人把病榻摇起来，外婆的鼻子里插着氧气管，是不是上面的胶布粘得太紧了，外婆老半天才抖着肌肉挤出一弯若有若无的笑……

洁白的床单太晃眼，晃得梓潼眼泪汩汩。

外婆虚弱地朝视频里的外孙女摇着手，让她不要哭。

她浑浊的双眼忽然闪过一丝微光，用手指点着梓潼身后的餐桌。

梓潼回过头，看见了餐桌上自己煮好的鸡蛋。这是梓潼多年来的习惯，三餐可以忙得一切从简，但是永远少不了一枚煮鸡蛋，最好还是热热的那种。

视频里，外婆将手指放到嘴边，吃力地微微张开嘴巴。

梓潼拼命地点着头，眼泪一颗颗砸在了地板上，啪嗒，啪嗒……就像心碎的声音。她知道外婆在和她说："我们家丫头，最爱吃煮鸡蛋。无论什么时候，这把老骨头永远给你撑腰……"

"外婆，我什么都不要了，我这就回去！"梓潼朝着视频里的外婆喊，哭得涕泗交颐，"你一定要等我回来啊……一定要！"

外婆艰难地摇着头。

"外婆，我错了，我这就回去陪你，孝顺你……"梓潼急得直跺脚。

外婆一声长叹，好像用光了所有气力，视频只能就此关闭。

梓潼站在新公寓的落地窗前，她开始打包行李，打电话给房东，还没焐热的公寓合同就这样成了一纸废约，还得赔上一笔违约金。但梓潼不在乎，她这雷厉风行的性格，说走就走的爽快，是别人没法比的。关键是，任何金钱可以决定的事都不是事，因为任何事和外婆比起来又算得了什么呢？

第二天，梓潼站在老板的办公室门前，她的手里攥着辞职信。她会因为刚刚晋升的新职位而徘徊不决吗？会因为年薪过了五十万而举棋不定吗？

当然不会，否则，她就不是我们认识的那个过河不回头的无名小卒了。

梓潼交上辞呈，转身赶赴机场。

老板愣怔半天，等回过神的时候梓潼早已经离开了，什么理由也没有，一句话也没多说，而辞职信只留着这三个字：我走了。

其实，辞职的理由一点也不重要，重要的是梓潼不会盲目离开。

工作没了可再找，职位没了可再拼，可一旦最爱你的人不在了，什么都回不去了。所以梓潼头也不回，她不愿等待。

从那天起，梓潼这枚奋勇杀敌的马前卒便消失在了我们的视线中。这座城市继续着它的昼夜更迭，四季依旧如期而至，有无数的人怀揣梦想来到这里，甘愿成为别人眼中的傻瓜，只求做自己的英雄。

我们和他们擦肩而过，和他们相识，再和他们告别……

他们的故事很相似，甚至连相貌都很相似，可唯独一点，他们没有任何一个人会给我以错觉，哪怕让我感叹一声：这人好像那个叫梓潼的姑娘。

我想终有一天她会被我遗忘在尘封的记忆里，最后也许就只剩下这样一个故事，讲给一些不咸不淡的人去听。听起来它更像是一桩满腔热血却有点悲伤的往事，也许能撩拨很多路人的心弦，却未必能鼓舞到你，甚至连让人蠢蠢欲动，去做一枚小卒子的勇气也提不起。

直到我心灰意冷，以为永远见不到这个叫梓潼的姑娘时，一个梳着齐耳短发的姑娘出现在我面前，我跳着朝她大叫："苍天呐，我还以为你躲起来了！"

那姑娘拍拍胸脯："姐也是拼到过一年能挣五十万的人，哪能这么快认怂！"

我问："家里人不管你了？"

姑娘答："小卒一去不回头，他们只好弃子认输，全从了！哈哈！"

我又问："那外婆呢？"

梓潼停顿了一下，我知道，我问到了她的软肋。

良久，梓潼眼圈泛红回我一句："外婆临走前和我说了，以后要是想外婆，就拿镜子看看自己，只要身上那股子犟劲儿还在，外婆就在！"

我和她拥抱，祝福她："人生路远，愿你心里永远驻扎着那枚越挫越勇的马前卒。"

梓潼再次上路，她依旧是我们眼中那个撞了南墙也不回头的倔强姑娘。都说以梦为马，这种姑娘就是那枚闪闪发光的马前卒，至死无休。

到这里，我终于可以给这个故事落下一笔深刻的结尾：一生中我们唯一需要回头的时候，是为了看自己到底走了多远。

而此刻，如果你还没看清楚河对岸，又怎知它不是风景如画？

装上马达，背好行囊，人生路远，永不回头。

第三章

回首，才能看见崭新的自己

生命里，总有一样东西载满你的所有记忆，
成了你生命中不可或缺的一部分，
甚至成了你身体的一部分，
它是亲情，它是真情，它是世间回忆。

拥有它，你该觉得那是件幸福的事。

人生最远的远方是再也回不去

我时常会去一个地方,叫"树酒吧",里面住着一位树先生。

其实在之前的故事中我也有提到这个"树酒吧",但没有细说,这次就告诉大家一个关于"树酒吧"的主人——树先生的故事。

你不要问我树先生是谁?

因为你一猜就中。

毋庸置疑,树先生是老板,也是酒吧的消费者。

来"树酒吧"的大多都是女生,妖娆、优雅,还有和我要树先生的电话和酒吧地址的,我隐隐感到树先生大有喧宾夺主之势,但我也不得不承认树先生的人生像是一杯酒,香醇浓郁,足够精彩。

他有个女友叫橘子小姐,后来出国了,但两个人现在依旧相爱,只是橘子小姐不提归期,树先生也不念婚期。

两个人,两颗心,世人看怪,其实细细想来也见怪不怪。

树先生是个很闷的人,有时一整日无话,像个坐禅的老僧。

他不拒绝热闹却大隐于市,朋友遍天下却不喜功利社交之道,所以树先生交下的朋友大多是贫贱之交,谈不上出生入死,但也都是些患难见真情的世间真人——是的,真人,活得最真的人,这大概就是人们总说的物以类聚吧。

所以我是这样形容树先生的：他就像是一部特别老的黑白默片，内容丰富精彩与否取决于观众自我修行到了哪个层面、段位。

树先生离开家时才十九岁，那时候他还不叫树先生，应该叫小树。

那年小树早恋，那天小树和老爸吵了起来，而且大有愈演愈烈之势。

"啪！"一声响，树老爸先是一记摔杯。

老妈从厨房跑进来，见一地茶水和茶叶渣，嘴里啧啧地去找拖把，边找边抱怨："你说你们爷俩就不能好好说话吗！"

"摔！让他摔！"小树歪着脖子，毫不示弱。

树老爸抄起手边一本《康熙字典》砸在小树身上。

1958年版，1984年第5印。

真疼！小树闷哼了一声，树老爸的眼神也停留在小树身上，抖了一下嘴唇。

下一秒，小树果断反击，抓起书画案上的莲花澄泥砚摔在地上。

"啪！"一声脆响，澄泥砚摔得粉碎。

砚台是有一年过年回老家，路过洛阳新安，小树用压岁钱给老爸买的，老爸一直用，怎料，那天迎来了它的最后归宿——被摔得四分五裂。

树老爸气得浑身发抖，又去抓东西。

还想砸？这辈子也不给你机会了！

小树一脚踹开房门，走得决绝，树妈妈拉不住，被重重地摔在了沙发上。

"哎哟！"树妈妈被摔得一声长长呻吟，小树连头都不回。

扔掉手机卡，删掉所有亲友的联系方式，断了根，比蒲公英更随风，比风筝断得更彻底。从此小树带着小初恋浪迹天涯，心向远方，身在路上，想去哪儿去哪儿，想做什么做什么，多好！

流浪，流浪，随波逐流，到处浪！

浪到北京城，小树在24小时书吧里裹着毛毯搂着书昼夜颠覆，小初恋去面包店打工，总是带着刚烤好的吐司和新磨的咖啡回来，拄着下巴听小树说书，讲梦境，听得入神，特别上瘾。

忽然有一天，小初恋做了新头发，掸了水果味的香水，穿着最新款式的小花裙，眼镜也换成了隐形的，一双水汪汪的大眼睛比往日多出十二分的神采。她那天手里没有吐司面包和咖啡，多了一本书和一款精致的手工书签，书名叫《诗经》，书签夹在中间。

小初恋问小树："我们找个家落脚好不好？"

说完，脸红得像番茄蛋包饭里的番茄汁。

闹哪样？小树心想，自己刚从一个家里逃出来，傻蛋才想再陷进去！

小树的头摇得像拨浪鼓，嘴里的No连成一大片。

小初恋的眼帘低垂了，脸色从番茄蛋包饭里的番茄汁变成了番茄蛋包饭里的蛋包饭。

小初恋和小树大吵了一架，小树埋怨小初恋除了想家就是想安家，没出息，以后怎么闯天涯。

小初恋去抱小树说，只想和他有个家，不爱天涯只爱他。

小树一闪身，说了好多伤人的话。

小树站在24小时书吧巨大的落地窗前看着小初恋跑出去，小初恋在不远处的公交车站背对着书吧，公车一班一班地错过，小初恋像一尊满是裂痕的石雕像。

对，小树还忘了，那日，下了一夜的雨。

从那以后，树先生就再也没见过小初恋，因为小树连夜就跑了，像是一场逃亡,把一切都看成羁绊自己的枷锁,又关了手机,换了电话号码。

小树离开北京城的时候饿着肚子,身无分文,没有人挽留,更没人送行,踽踽独行,行囊空空,里面只剩下一张毛毯,一本叫《诗经》的书。

一路绿皮车加双脚,继续向远方。

继续流浪,浪到了云南,够远,也是实在走不动了,饿了好几天后虚脱在了一家做鲜花饼的老手工店门口。

店主人是一位年近古稀的老阿婆,她用最原始的手工工艺做鲜花饼,虽然比不上如今流水线来得有效率,但是味道纯正,没有那么多的机油味和金钱的驱赶。

小树应该是闻着鲜花饼的香味倒在了店门口。老阿婆家的鲜花饼可以免费品尝,小树扶墙进,扶墙出,把试吃变成了自助餐。小树噎得直打嗝,老阿婆不和小树要饼钱,还笑着给小树倒茶水喝。

小树没地方住,只好裹着毛毯在凉亭里过夜,夜里起风了,小树缩在里面瑟瑟发抖。

还是老阿婆把小树收留在了店里,告诉小树有手艺了以后就不怕挨饿了,小树抓起一块鲜花饼,一大口咬成小月牙:"这手艺我学!"

就这样,小树跟着阿婆学做鲜花饼。老阿婆做的鲜花饼特别香,可小树怎么也做不出,面一样,花一样,糖分一样,烤炉也一样,就是做出的饼不一样。

小树天天嚷嚷着:"等学好了手艺,我就去闯天涯。"

但老阿婆却总是慢条斯理,从和面一点点教小树。

小树总说,太慢,太慢,这么下去不得一辈子都耗在小饼店里,整天就是和面、选花、调糖、看火,日出而作,日落而息,无聊枯燥加24小时的单调。

阿婆总是摇头说,小树手艺不到家,因为小树老心猿意马,太浮躁。

终于有一天，小树怒了，踢翻了烤鲜花饼用的盘子，一边卷毛毯一边喊："我可不像你，一辈子就在这三十平方米都不到的作坊里打转转，鲜花饼多得是，这手艺早晚没饭吃！"说完，小树又没影了。

阿婆摇头抹泪："这树娃子的鲜花饼里没有心，定不住火候啊。"

兜兜转转，时隔多年，小树浪遍天南和地北，他又一次回到云南小镇去见老阿婆，可是店没了，变成了卖纪念品的铺子，老阿婆也不见了。

小树在镇上多方打听，最后千里孤坟，小树差点哭瞎。

镇上人说，老阿婆一辈子没后人，生前最看重鲜花饼的手艺，可后来有人来学做鲜花饼，阿婆一律闭门谢客，只称自己已经有徒弟了。

原来阿婆一直在等小树收了心再回家，可最后还是没等到。

小树并没有留在镇上，他回来开了这家"树酒吧"。去年店庆的时候，树先生的酒吧来了好多人，大家想来看看橘子小姐和那条叫勒夫的泰迪狗。

树先生一时兴起，在台上抱着吉他献唱。

树先生唱歌很好听，唱哭了好多情侣，在角落里，一个两鬓霜白的女人抽泣声越来越大。

树先生放下吉他，拨开人群闻声而去，定睛一看，喊了一声："妈！"

树妈摸着树先生的头："傻孩子，回家吧，一家人早些团聚吧。"

树先生问树妈："老树呢？为什么没一起来？"

树妈眼睛红了，拿下眼镜不停地擦，她和树先生说："他在家里等你呀，你爸说，家里不能空，怕你回家进不去，再说，人去楼空就不叫家了。"

树先生和树妈回了家，老树变成了墙上的黑白照片。再也不会看见老树在书画案前画画了，树先生看见当年被摔碎的澄泥砚被粘好了，放在桌角,但它总是漏墨,好好一张书画毡被墨渍晕黑一大片。

老树的房间里画了好多小树。

一周岁生日那天小树爬着去抓周。

三周岁时小树张着嘴仰着头,那是第一次喊"爸爸"。

还有七岁的小树背着大书包,第一天上学小手牵大手,走路不怕滑。

一直到十九岁,那张画上只有一本《康熙字典》。

再以后就没了。树妈告诉树先生,老树总是说等小树回来,再接着往下画……

老树总劝邻居:"孩子再不对也别动手打,好好说,打身上得多疼啊!"

在"树酒吧"的角落里有一处很高的书架,最高那层需要用梯子才能够得到。书架已经被塞满了,好多书没法放进去,就只好横七竖八躺在书架周围。

有一次我指着书架最上层的地方和树先生说:"上面那么空,留着干吗?"

树先生仰着头看过去,沉默良久。

的确,书架的最上面空荡荡,只放了几本书。

一本《康熙字典》,1958年版,1984年第5印。1958年老爸出生,1984年是树先生出生的年份,记得那年树老爸特意买了一套最新的《康熙字典》,翻了三天,引经据典给树先生取了名字。

树先生好几次喝醉酒,手里都捧着那本《康熙字典》,嘴里反复念叨着:"一本字典砸身上能有多疼,能有多疼?至于浪迹天涯,丢了爸妈!"

还有一本,书名叫《诗经》,里面有这么一段:

死生契阔,与子成说。

执子之手,与子偕老。

于嗟阔兮,不我活兮。

于嗟洵兮,不我信兮。

出自《邶风·击鼓》。一款精致的手工书签就夹在那页,它从这本书到树先生手里时就夹在那儿,再没换过位置。

树先生的酒吧每年中秋节都会做鲜花饼,一共两盘,一盘招待宾客,另一盘放好谁都不让动。等酒吧打烊,树先生自己一个人面朝西南,背对霜月,独自咀嚼。

还有树先生的电话,他再也不关机和换号码了,现在的树先生不怕别人找到他,反而害怕好多人找不到他,太害怕了。

上次我问树先生:"你不喜欢旅行吗?远走高飞,有个了无牵挂的远方!"

树先生摇摇头回了句:"在我看来,最远的远方,再也回不去了。"

后来树先生总做梦,他梦见回到家,树老爸在画画,树先生去喊老爸:"老头,你再拿字典砸我一下,我保证不跑了。"

他梦见自己回到24小时书吧,树先生裹着毯子吃着吐司喝摩卡,小初恋拄着下巴特甜蜜地看着他,树先生用手在姑娘眼前摇晃了一下:"走哇,咱俩回家。"

他梦见自己回到老阿婆的鲜花饼作坊,树先生端着自己刚做好的鲜花饼,往老阿婆嘴里放一块,问阿婆:"怎么样,有没有给您老人家丢手艺?"

现在树先生睡在"树酒吧",那些地方都成了远方,想回却再也回不去了……

有些远方,只有我们踏遍千山万水才会明白,那才是我们永远到不了的,这远方叫"满目山河空念远,落花风雨更伤春"。

而经历了荒芜,我们才会清楚,原来最茂盛的情感大多盛开在我们的身边,那种绽放和悠长的生命之河比起来,如同昙花一现,经不起等待。

远方真的很吸引人,可是路费昂贵。

亲爱的,你要想好,好多路一旦踏上,就再也买不到返程的车票。

看到你开心，我就一直笑

在镇上有个拾荒人叫凤姐，她总是自言自语，但具体嘟囔着什么大家都不怎么清楚，每天傻兮兮地背着拾荒口袋，大家都叫这种人缺根筋。

凤姐每天都摸爬在镇上大大小小的垃圾收集点，矿泉水瓶和易拉罐是至宝，硬纸盒和各类金属残片是最爱，大多数拾荒者都是这样。

可有一样东西，别的拾荒者见了不大会去捡，可凤姐一看见就两眼放光，有时候拾荒袋满了，就算扔下点也要把它背回去。

它是布娃娃，太占地方，又卖不上价钱。因此同行们也叫她缺根筋。

其实凤姐为人挺和善，尽管好多大人都不让自己的孩子靠近她，可这并不妨碍凤姐见人总是笑。人家和她说，凤姐傻呀，老是笑！

嘿嘿嘿，凤姐一笑置之。

还有人说，凤姐，我给你一块钱，你给我跳段舞呗！

嘿嘿嘿，凤姐依旧笑，笑得很认真，但永远都不给这些人跳。

也有人说，凤姐，明天你别来这几个垃圾点，这几个归我了！

嘿嘿嘿，凤姐点着头，笑容挂在那张满是沧桑的脸上，以后就再也不去那几个垃圾点了。

凤姐还喜欢助人为乐，帮别人看一会儿菜摊，蹲在那儿笑迎八方客，只可惜不会算账，不会卖菜，就会看着，菜不会丢。

凤姐还会帮人家推车，推不动的人要是看见凤姐，只要一挥手，凤姐就会乐颠颠地跑来帮人家推老远。

大家为了报答凤姐，就会把随身带的吃的拿给凤姐，因为大家都知道，凤姐不会做饭，她最拿手的就是煮挂面，但是挂面总是煮不熟；她还会在面条里卧鸡蛋，可是卧出来全成了蛋花汤，白花花漂浮在没熟的面条上，食欲瞬间全无。

凤姐每天都会跑到一个小帽摊去看人家卖帽子，卖帽子的小摊位还挺火，每天顾客纷至沓来，好多人光顾。因为卖帽子的姑娘长得很可爱，而且乖巧，男生看了暗生情愫，女孩子也不会嫉妒。这么讨人喜欢的姑娘真挺难得，凤姐也喜欢，她总是看着卖帽子的姑娘笑不够，天天蹲那儿一笑就是小半晌。

凤姐常年扒垃圾点，身上味道不好闻，好多人一看凤姐在小帽摊前就会捏着鼻子绕着走，更别提过去试帽子了，所以凤姐一到，帽摊生意就不好。

小帽摊的姑娘也不恼，一见凤姐来，就从包里拿出自己做的小点心和凤姐一人一半分着吃，凤姐永远吃得那么香，每次都是一边吃一边笑开了花。

凤姐笑，帽摊姑娘就跟着笑，别说，眉眼间笑得如此神似。

姑娘也是个爱笑的人，爱笑的姑娘就是好看。

可是最近，姑娘不怎么笑了，眉宇间多了几分忧伤和失神。

其实，帽摊姑娘叫小樱，是个网络红人，粉丝过百万，随便在微博里刷一条动态就会引来点赞无数。

最近国内一个火爆的选秀节目给小樱发来了邀请函，邀请小樱去参加选秀，小樱天天摆弄着邀请函，迟迟不给对方答复。

我们见了小樱都说："这不是你一直以来的梦想吗？怎么还犹豫上了？装矜持？"

小樱总是欲言又止，看来有好多难言之隐。

小樱不爱笑了，凤姐倒是每天都跑去蹲那儿笑，怎么也看不够卖帽子的小樱。

凤姐不知道从什么时候开始，学会"拜金"了，天天趴在垃圾点里啥都捡，只要能换钱，就往拾荒袋里扔，装太多了背不动，就在地上滚，拾荒袋滚得全是泥，凤姐也弄得一身泥。好不容易弄到回收站，也多换不出几个钱，可是凤姐依旧天天装得满满当当，只要有钱拿就行。

后来回收站的老板不乐意了，凤姐弄来的那些东西，大多还得扔，连人工钱都不够。凤姐再来时，人家干脆就一挥手："你去别家吧，你那些东西没人要！"于是能给凤姐换钱的回收站是越来越少。

凤姐去找那些让他跳舞的人，每天在人家面前跳，跳得一点都不好看，还特别滑稽，逗得那群人哈哈笑，凤姐见人家笑，自己也跟着笑，一边笑一边伸手和人家要钱，给多少钱都跳，只要有钱拿就行。

但是那些人看烦了，看够了，凤姐再去人家面前跳，人家一挥手，一边去，老来骗钱，真没劲！凤姐的舞蹈没人看了，费了半天劲儿，连一毛钱都挣不到。

凤姐开始和同行抢地盘了，谁的垃圾点她都去跑一圈。同行们气不过，开始对凤姐围追堵截，可凤姐依旧我行我素。时间长了，有的同行摆摆手算了，不和她一般见识，毕竟缺根筋，和她较劲没意思；可是有些同行气性大，度量小，三天两头抓到凤姐就是一顿拳脚。

凤姐还真是缺根筋，好了伤疤忘了疼，依旧跑人家地盘抢着捡，只要有钱拿，什么也不管。

凤姐照例给人家看摊儿，帮人家推车，助人但不是为乐，而是为钱。

帮人家忙，人家依旧分她吃的，可凤姐连摆手带摇头，吃的不要。

"那你要什么？"人家就问凤姐。

凤姐指着人家的钱口袋，手指就要往里伸。

这哪行啊！帮个忙还改成抢钱啦？

人家立刻打掉凤姐的手，一边骂着世风日下，人心不古，连缺根筋都唯利是图了，一边自己推车，再也不用凤姐帮忙了。

凤姐的人缘越来越坏，以前是好多孩子因为害怕躲着她，现在好多大人也开始躲着她，知道她除了要钱就是要钱，变成了缺根筋的讨钱鬼。

其实你说凤姐全变了，也不见得。

她的眼睛里还有布娃娃和小樱，布娃娃依旧捡到就往回背，依旧每天去小樱的帽摊前蹲着，傻呵呵乐半晌。

小樱终于知道这事，她不理凤姐，凤姐一来她就收摊，凤姐就在后面跟着小樱。终于把小樱跟恼了，指着凤姐大声喊："你就那么希望我走吗？"

凤姐站在那儿，傻呵呵地笑着点头，嘴里一直"嗯嗯嗯"地答应。

小樱哭着跑回家，趴在床上号啕大哭。家里摆满了布娃娃，所有布娃娃都被小樱洗得干干净净，破洞都被补好，还贴着可爱的小布贴，穿着小樱亲手做的小衣服。小樱特别喜欢布娃娃，从小就喜欢，见到布娃娃就会开心得不得了。

小樱开心，凤姐就笑得乐呵呵，可这次小樱把自己关在房间里哭得天昏地暗，凤姐在外面急得直挠头，不知所措。

自从那天起，小樱不再和凤姐说话，也再也不和凤姐一起笑了。

不行，还得去赚钱，钱赚够了，小樱就开心了。凤姐是这样想的。

因为凤姐听人说了，小樱心眼好，人长得俏，可就是没钱，那么好的选秀机会就这么白白浪费了，怪可惜的，这就是命！

凤姐不信命，她知道小樱是因为没钱才不开心的，有了钱，小樱就去上电视了，就开心了。有人告诉凤姐说河里的垃圾比岸上的多，有好多还挺值钱，凤姐乐坏了，扛着口袋就下河了。

凤姐真的缺根筋，她不知道下河得会游泳，她不知道河底下不光有至宝，还有水草，缠脚上就解不开，她也不知道河底的淤泥又软又粘，一脚陷进去，越挣扎陷得越深……

那天很晚了，小樱还没收摊，因为凤姐一天不见影，中午都没过来一起吃点心，小樱心里没了底，望眼欲穿，心急如焚。

终于镇上的邻居来找小樱，告诉小樱凤姐在医院，溺水了，正在抢救。

小樱连帽摊也不要了，跌跌撞撞，一路往医院跑一路哭，嘴里不停喊："妈！妈！我不走，你也不能走！"

大夫说，凤姐抢救及时，多亏口袋里装的全是空矿泉水瓶，凤姐死死抱着拾荒口袋，要不早沉底了。

大夫夸凤姐，谁说你缺根筋，这不挺懂自救的吗？

其实大夫真不了解凤姐,那哪是自救啊,拾荒口袋里装的全是凤姐的至宝,至宝能换钱,有钱了小樱就开心了,哪舍得松手啊。

凤姐醒过来看见小樱就笑,小樱见凤姐醒过来抱上去就哭。

凤姐为了不让小樱哭,把钱全捧到小樱面前,一毛、五毛、一块……一大堆。

小樱抱着凤姐还是哭:"傻妈,真是傻妈,都不知道女儿因为啥不开心。"

是呀,小樱有这么好的妈,为什么不开心?

因为,若是小樱拿着邀请函走了,谁来照顾妈?别人妈岁数大了,都有人陪,有人照顾,凤姐连饭都不会做,小樱这做女儿的,怎么忍心撇下她?

可梦想就在邀请函里的推荐卡上,如今机会多难得。小樱看着家里满地的小碎钱和一床的洋娃娃,把卡片悄悄放进了抽屉里,捧着凤姐的脸说:"妈,你给我笑一下。"

凤姐笑,小樱跟着笑哈哈。

凤姐看见小樱又开心了,自己笑得更大声了。

现在你来到镇上,有个叫小樱的姑娘就在那儿摆个小帽摊卖帽子,生意比以前更火了。微博粉丝已经快破千万了,因为她还是被大家劝着去参加那个选秀了。

临走那天,我们几个给小樱送行,去她家时看见她正在吃凤姐煮的挂面。凤姐最拿手的就是煮挂面,依旧是半生不熟的,还卧了一枚鸡蛋,可是鸡蛋成了蛋花,白花花地飘在挂面上。可小樱吃得特别香,还冲我们打了一个响亮的饱嗝。

她还笑话我们说:"怎么样,你们没得吃吧!"

我想,有凤姐这碗挂面垫底,小樱去哪儿都不用害怕。

别人总说你缺根筋,少些头脑。

可这并不代表你缺少爱的能力。

用能力支撑起的那叫生活,有什么样的能力,就会享受怎样的生活。

用资源支撑起的那叫伙伴,有多少资源,就会获得多少伙伴的垂青。

用理解支撑起的叫友情,彼此理解多深多久,就会拥有什么样的朋友。

用浪漫支撑起的叫爱情,会营造多少美好,会花多少心思去取悦心上人,就会拥有什么样爱情的味道。

用信任支撑起的叫婚姻,你多信对方,信对方几句话、几个表情,信多久,就决定了你婚姻的阴晴圆缺……

那么亲情呢?亲情到底需要什么支撑呢?

其实亲情根本就不需要支撑,它就是一种本能,爱你的本能。

如果非要在其中找出一种支撑的话,那就是我的寿命。

活多久,我就会爱你多久。

你为什么会慢慢变老，我为什么还来不及拥抱

强子是我的学弟，记得他上大学那年，是老奶挂着一根竹制拐杖和强子表妹一起来送的。在新生接待处，老奶将一大包煎刀鱼分给我们几个新生接待吃，就一块煎刀鱼便让我记住了这位O型腿、有点跛脚的奶奶，金黄色的煎刀鱼真是唇齿留香，回味无穷。

这是我吃过的最好的煎刀鱼，绝对印象深刻，以至于后来每次见到强子，我都会问："老奶最近来没来？什么时候来？"

其实，我的潜台词昭然若揭：赶快来块煎刀鱼解解馋，真是馋到不行了。

强子奶奶去世得早，老奶是强子奶奶最小的妹妹，从小强子就在老奶身边长大，所以在强子的记忆里老奶就是奶奶。

强子小的时候特别顽劣，闯了不少祸。

记得七岁那年，强子和小伙伴去公园玩，强子折断了一根竹子当作冲锋枪。傍晚的时候，强子把竹子带回了老奶家，一个人蹲在小院里鼓弄着这根新武器。结果，没等到晚饭，公园园林管理处的同志就找到了老奶家，人赃并获，强子被老奶追得满院跑，那根笔直的竹子成了"剿杀"强子的利器。赔钱认错不说，强子屁股被打得肿起老高，第二天上学都不敢坐。

所以后来强子一看见我画竹子就屁股疼，想来是小时候落下的病根。

强子总说自己不是亲生的，老奶对自己下手从来都稳准狠，没有慈祥全是威严。其实第二天，一向以节俭持家闻名邻里的老奶硬是给强子买了一把特别威武的1∶1大小的AK47玩具枪，这把枪让强子当了小半年的孩子王。

那天晚上，老奶一边给强子揉屁股，一边告诉强子："很多东西就算再喜欢也不能碰，碰了就要付出代价，这个代价会远远高于这些东西的本身价值。"

强子长记性了，这是人格上的事，马虎不得，所以疼点也值得。

从那以后，强子对喜欢就有了界定，他怕疼，更怕付不起代价。

上大学临走前的那天晚上，强子从自己的小仓库倒腾了小半夜才翻出当年那根笔直的竹子，蹲在小院里终于把剩下的工程鼓弄完了。

他递到老奶手里："明儿你孙子就真滚了，当不了你的小跑腿了。"

老奶先是一愣，然后抖着嘴唇，好半天说出一句："快教你老奶怎么发短信。"

刚上大学那会儿，强子没事就给老奶发短信，可是每一条都是石沉大海，再无回音。强子打电话时会问老奶："奶奶，你为什么老不回我短信，没礼貌。"

老奶电话里骂："臭小子，老奶不是还没学会呢吗！"

强子笑话老奶："你也算是上过私塾的人，学个发短信咋那么费劲，哈哈。"

的确，老奶年轻时念过女子私塾，所以算是半个文化人，也知道知识文化给人带来的影响必将是一生的。

老奶总是告诉强子肚子里要多装墨水，说钱财再多也是身外物，会被偷，会被抢，会有一无所有的危险，只有肚子里的墨水谁也抢不去，偷不去。

所以强子的文学基础比我们几个都扎实，他是我们当中最早发表文章的。

大二那年，强子在文学社写的一篇短文发表在国内某知名刊物上，他把样刊寄给了老奶一本。强子回家时问老奶读后感，老奶撇撇嘴说了句："都忘了，以后你多写，我多看，就记住了。"

其实强子根本不信老奶会忘掉，他知道那是老奶在勉励他。

因为老奶的记忆力超群，简直就是过目不忘。

强子说过，老奶是个奇女子，《舌尖上的中国》第一季的时候，老奶看一遍就能做出里面好多菜，吃得强子都不想回学校报到了。

老奶做美食的时候总喜欢哼点小调，她天生好嗓子，所以哼唱得特别好听。

老奶有一部老唱片机，听家里人说，是老姨爷娶她的第二年送的礼物，这在那个物资极度匮乏的年代里是非常贵重的。

岁月几经颠沛，唯有老唱片机依旧历久弥新，当年老奶天生一副好嗓子，黄莺出谷，唱醉了老姨爷的心。

强子表妹小时候特别闹，老奶的歌声是最好的安眠药，纯天然，没有任何副作用："月儿明，风儿静，树叶儿遮窗棂……"

强子喜欢听老奶唱《凤凰于飞》，喜欢听《永远的微笑》。多少个酷暑难耐的夜晚，老奶扇着扇子左边拍一下，右边摸一把，强子和表妹在老奶的歌声里睡去。

我认识的强子特别喜欢收集老唱片，只是那东西特别难找，每周强子都会去旧货市场转一圈，但很多时候都是无功而返。很多人觉得强子是个复古咖,其实任何嗜好的背后都有一个不为人知的故事和一个重要的人。

初中那年,强子积极响应学校号召,参加到"变废为宝,我是小发明家"活动中。成摞的老唱片被强子改造成了五颜六色的飞碟,天空被强子飞得五颜六色,但老奶的唱片机从此成了哑巴,老奶只能对着空唱片机哼歌。这事老奶想起一次,就要追打强子一阵,强子依旧满院子跑,可是渐渐强子发现老奶追他的时间越来越短,歇的时间却越来越长。

时间真的是个挺让人无奈,甚至望而生畏的抽象概念,主宰了那么多亲近人的生命,割断了那么多挚爱的情感。

强子第一次发现老奶开始健忘是在大学毕业那年。为了能够站住脚,刚毕业的强子生活辛苦,累成狗,日子成了最好的减肥特效药,整个人瘦了好几圈。

老奶非要来看强子,谁也拦不住。强子去车站接老奶,看见老奶的头发白了好多,腿脚也越来越蹒跚,最重要的是记性差了好多,来看强子,连自己最拿手的煎刀鱼都忘了带,一大包都扔在了老家的餐桌上。等老奶回去的时候,金黄色的煎刀鱼已经发霉变质成了黑色,只能原封不动地扔进了垃圾桶。

强子对着老奶走进车厢里的背影喊:"老奶,记得下次给我带煎刀鱼!"

说完,咽了一大口的口水。

强子没想到的是,这是老奶最后一次来看他,等强子再看到老奶的时候,她的第二项本领也尽失了——天生一副好嗓的老奶,已经说不出一句完整的话,再也没法给他唱《永远的微笑》了。

那年冬天,老奶知道强子回家过年,于是打算提前准备好刀鱼,给出门在外的强子和在外面上大学的表妹做煎刀鱼。

没想到，冬天外面路面湿滑，本来腿脚就不利索的老奶，重重地摔了一跤，躺在床上再也起不来了。

强子问老奶："你想吃点啥呀，孙子我亲手给你做，我会做的东西可多了，尽得了你的真传，没办法啊！"

老奶抬起眼看了看身边的强子和表妹，弱弱地说："煎刀鱼吧。"

强子转身去厨房，拿出冰箱里老奶已经卤好的刀鱼。

表妹问强子："哥，你会吗？"

"没吃过猪肉还没见过猪跑呀，那么多年，看都看会了！"强子回忆着老奶的工序，开始调干淀粉，和面，然后裹刀鱼，下油锅。结果好好的刀鱼被强子炸成了焦炭，满屋子油烟，呛得老奶在卧室里一个劲儿地咳。

表妹气呼呼地来厨房找强子兴师问罪，结果看到强子蹲在厨房里，鼻涕和泪水在他脸上画成了一张大花脸。

"呛死我了，真呛。"强子带着哭腔。

表妹转身跑出去了，二十分钟后，悄悄带回来一份煎刀鱼外卖，让他装在盘子里。强子心虚地问："这能行吗？"

边说边往嘴里塞了一块。

老奶那晚吃了一大块煎刀鱼，家里人说那是老奶摔伤后吃得最多的一次晚饭。

强子向老奶保证，下次回来一定再给老奶做，一定超过老奶的手艺。老奶摇头，不知道是不相信强子会超过自己，还是不太相信有下一次了。

半年后，强子的刀鱼勉强可以煎出金黄色，本想回去给老奶显摆显摆，但是没机会了，老奶走了，没能等到强子，就匆匆合上了眼睛。

强子在整理老奶的遗物时，在老奶的床头看见了那本发黄的杂志，那是强子第一次发表文章寄给老奶的样刊。听表妹说,那时候老奶天天捧着样刊,尽管文章篇幅短小得只有半页,一分钟就能读完,但只要一有人到家来做客,老奶都会翻给客人看,上座、看茶、上样刊,成了老奶的新待客方式。

强子听得泪如雨下,因为从那本样刊以后,他再也没寄过样刊给老奶,文章写了不少,却忘了还有这么一位忠实的"粉丝"。

那次摔倒,老奶的电话也跟着一起摔坏了,到最后老奶也没学会发短信。但是她会看,每天手机不离手,只要丁零零一响,手里活都放下。十条短信里有八条是"中奖"短信,可老奶却成天兴奋得很,因为她希望再次看到强子的那条写着"老奶,我想吃煎刀鱼"的短信,哪怕只有这么一句,老奶也乐呵大半天。

当强子再一次打开手机的时候,手机信箱里整整齐齐地躺着他发给老奶的短信,每一条都被读过不知多少遍。每一条短信都在,排列成一条时间的河,只是河水安静,河边的人已经悄然远去。

强子又哭得稀里哗啦,他对着电话哭诉:"奶,我接着给你发短信,你还能收到吗?"

后来,老奶的唱片机被强子背到了自己的公寓,他依旧每周都去一次旧货市场,这几年他真的攒了好多的老唱片。

一天忙下来,强子无论多累,都会在睡前坐在唱片机前,放上一张老唱片,听一会儿《永远的微笑》。

强子总会对着老唱片机说:"等我学会了,一定唱给你听。"

听说中山广场附近新开了一家做煎刀鱼的一站式门店,那天中午,强子买了一份,然后在中山广场找了个长椅坐下来。

他打开那包煎刀鱼,一口接一口,越吃嗓子越细,最后咽不下,嘴里塞得满满当当，口腔里被鱼刺扎破了皮……

他坐在中山广场吃着煎刀鱼，而此时此刻你在哪里？

强子再也吃不到老奶的煎刀鱼了，广场上只剩下回忆和思念的味道，那全是眼泪的味道。

写完这篇故事的那天晚上，我问强子："你为什么不自己写老奶，你的文笔那么棒。"

强子告诉我，很多故事不是你有多高超的写作技巧，有多么深厚的文学底蕴，就可以下笔如有神。

强子不是不会写，而是不敢写。

他每次动笔都会哽咽，每次敲起键盘都像是在叩打心门，这扇心门是玻璃做的，会碎，会割开一些无法愈合的伤痛。

这伤痛叫"骨肉难离"，叫"子欲养而亲不待"，叫"老奶，你慢些走"！

有些人等不起你的下一次，就像有些爱还来不及表达就已经错过。工作没有做完的一天，但是他们却有离开的时候。

别让空巢成冰，别让牵挂成疾，一通电话的问候，一顿晚饭的陪伴，我们还是埋得起单的。

我们要知道，这不是施舍，而是义务。

来吧，我们去侃叔家吃面

难忘今宵，难忘今宵。
无论天涯与海角。
……

春节到了，我们一边听着这首每年春节"必备佳曲"，一边吐槽外头的鞭炮声轰轰烈烈，此起彼伏。

今年春节侃叔不睡，反倒是又穿上了那件红色的唐装，等着FaceTime亮起。

侃叔是个特别健谈的人，上到国家大事、世界纷争，下到家长里短、远亲近邻，无一不知无一不侃，所以久而久之就侃出了名头，大家叫他侃叔。

侃叔经营着一家小面馆，店面不大，只卖面条和卤蛋，肉酱加一勺一块钱，吧台上挂着一块年代久远的木质小牌："小本经营，概不赊账。"

除此之外，再无他物。

这是一家简单质朴、味道怀旧的老字号，也是一家有特殊意义的面馆。

它是侃叔他爸——侃爷留给他的唯一遗产。

说到继承，侃叔还真是继承了老爸侃爷的优良作风，为人热情好客，一张嘴特别能侃，往来食客有一搭没一搭都会聊上几句，面汤暖了多少肠胃，侃叔的三言两语就暖过这世上多少颠沛流离的人心。

当然还有一点就是做面条的手艺，单一的面馆能一路走来且经久不衰，其中很大原因就是面条做得确实口感超赞。

你会经常看到什么宾利呀，玛莎拉蒂呀，各种豪车堵在侃叔的小面馆门口，那些车的主人曾经都是侃叔父子的食客，怀念面条的味道和人情温度，顺便回来找找自己。

侃叔生性开朗豁达，乐于助人。

虽说挂着"概不赊账"的木牌，却不知白送过多少碗面条，焐热过多少人的心肠。

所以侃叔的店一直不愁生意，但有时也会遇到逃单的。

侃叔经常调侃那块挂在吧台上的小木牌："都是这牌子惹的祸，概不赊账，人家就只能下次一起算了呗，哈哈。"

好多刚认识的食客都会问侃叔，这么忙怎么不招个服务员打下手？

其实老食客们都知道，侃叔店里曾经是有过一个服务员的，他叫小生，刚来到侃叔面馆的时候还是个不满十五岁的小男孩。

说到这儿，一定有人说，看侃叔平时待人热情，可怎么也摆脱不掉那副奸商皮囊，竟然用童工！这可就冤枉侃叔了，这件事还得从几年前一场初冬小雪说起。

那年初冬，天气比往年冷得要早很多，还没到12月份，就已经下了几场大雪。有天，适逢寒流降温，这样挟着零星轻雪的阴天，侃叔面馆的生意格外好，吃一碗劲道的手拉面，再喝两口纯正地道的热面汤，顺便随着侃叔侃上几句，整个人就会完全挣脱阴郁。

那天下午侃叔忙完刚坐下，背对着店门和几桌食客聊得火热，玻璃店门被拉开一条缝隙，一位少年怯懦地侧身挤了进来。

"欢迎光临！这么冷的天，来碗热面再合适不过了！"听见门响，侃叔边说边回过身。

是啊，这么冷的天，可少年只穿着一件单薄的藏蓝色运动服，灰色裤子的裤脚已经磨得飞起老长的毛边，一双已经穿成灰黑色的白色小布鞋，小布鞋一圈胶皮都已经开了胶，露出巨大的缝隙。

他双手插在上衣口袋里，坐在靠近门口的位置，低着头用余光打量着周遭。

"想吃点什么？"侃叔走上前问少年。

少年茫然无措地摇着头，睁着那双明亮的眼睛，那双眼睛太亮了，像一汪清泉般清澈见底。

"我问你吃点什么！"侃叔加大音量。

少年指了指墙上的面条图片，看着侃叔。

侃叔和食客们都意识到，面前衣衫褴褛的孩子可能是个聋哑人。

侃叔在男孩面前比画着捧碗吃面条的样子，声音也跟着更大了："来碗面条吗？"

男孩看着侃叔的动作，用力地点着头。

侃叔长长舒了口气，看了眼其他食客说："这孩子估计是聋哑人。"

食客们纷纷点头，有几个指指点点品头论足，估计在猜想发生在孩子身上的故事。

"等着啊，侃叔给你下面条去！"说话间，侃叔已经去后厨了，片刻，一碗面端到了男孩面前，热气蒸腾，裹着浓郁麦香和骨香。

男孩狼吞虎咽，风卷残云，就差把碗整个扔进肚子里了。

侃叔哈哈笑，看着连汤都不剩的空碗说："慢点，慢点，不够再来一碗。"

男孩茫然不知所措。

侃叔一拍脑门："啊，对，你听不见。"又比画了一遍吃面条，抬高嗓门说，"再来一碗？"

男孩看了看空碗，又看了看侃叔，点了点头。

侃叔转身又去了后厨，片刻，侃叔边喊边端着面出来："来喽，再来一碗！"

可端到门口的座位发现人没了。

侃叔环顾四周，问其他食客："那孩子人呢？"

食客们大多都在各自聊着，谁也没去注意门口的男孩，纷纷摇头。

玻璃门被拉开一条缝，和男孩进门时的缝隙差不多大。

"又一个逃单的，侃叔，明天你就把那木牌撤下来吧，概不赊账，根本没用。"一个食客瞧着玻璃拉门的缝隙，嘲笑着说。

侃叔重新关好门，望向外面悠悠地说："这孩子怪可怜的，这么冷的天。"

那天晚上，侃叔早早地打了烊，一是因为天气冷，生意特别好，面早早卖光了；二是侃叔发现，食客们走后，这店里越发阴冷，干脆早早收拾店面，关门回家。

那个初冬冷得让人印象深刻，就连侃叔这样微微发福的身材走在路上，都要紧紧裹着羽绒服。多亏家离店面不远，转过三个街角，再过一个天桥就到了。

天太冷了，天桥上的风更加肆虐，侃叔打了一个寒战，加快了回家的脚步。

可就在这时，他再一次和下午逃单的男孩重逢了。

男孩蜷缩在天桥的一个广告灯箱下，身上裹着旧报纸。他大概认为广告灯箱里的白炽灯会带来温暖，可那么一点温度真是杯水车薪，压根抵抗不了这无孔不入的寒风。

侃叔蹲下身，轻轻地拍了拍男孩的肩膀。男孩没有睁开眼睛，他躲在报纸下面拼命打着哆嗦，侃叔似乎能听到这孩子牙齿上下碰撞的声音，这似乎是此刻这个孩子唯一可以从嘴里发出的声音，咯嗒嗒……咯嗒嗒……

一声声，揪疼了侃叔的心，侃叔的心扑通通……扑通通……

后来侃叔半调侃似的在面馆里说："那时候只要是心还在跳动的人，看到那一幕都会心疼，都会动恻隐之心。置若罔闻？熟视无睹？那还是人吗！"

那晚侃叔果断带男孩回到面馆，当时侃叔的女儿正在读高三，加上侃叔家里也不大，三口之家住得也很紧凑，所以侃叔只能把他带到面馆。面馆晚上温度不高，但总算抵得住寒风，挨得过这个难熬的初冬。

虽说两个人白天已经有过交流，可是依旧很难沟通。

没办法，男孩没念过书，连基本的手语都不会，当然，侃叔也不会。

所以两人就像回到了那个没有语言功能的远古时代，侃叔连比画带喊了大半夜，累了一头汗才让男孩明白自己的意思。

其实无非就一句话：男孩留下过冬，侃叔管他食宿。

开始男孩摇头不肯，侃叔告诉男孩不是施舍，让他平时帮自己照顾一下店面，男孩想了半天，不再摇头，开心地连连鞠躬。

侃叔又在自己肚子前画了一个圈，指了指墙上的面条图片，接着又拍了拍自己的胸脯："以后饿了，就来找侃叔，侃叔请你吃面。"

后来，侃叔费了半天劲终于知道，男孩叫小生，无父无母，原来跟着奶奶，后来奶奶去世，家里的小叔卖了奶奶留下的小平房，小生从此无家可归。小生不会手语，不会写字，唯一会写的名字都写得歪歪扭扭。

小生特别喜欢坐在那儿看侃叔和食客侃大山，虽然他一句也听不见，但就是喜欢看。这世界就是这样，很多美好的感受和情感氛围，不需要语言粉饰装点，就能享受得到。这就像爱情里有时无须去说"我爱你"，友情中无须把"好哥们"成天挂在嘴边，亲情更无须依靠见面去说我有多挂念。

最好的感觉就是无须去找感觉就有感觉！

小生喜欢面馆里的味道，浓浓的汤汁裹着一碗手拉面，实惠不做作。

热气腾腾，且人情味十足。

在小生来到面馆的几年前，侃叔面馆里来过一位老人，大爷岁数不小，挂着一根粗糙的拐杖，一路风尘，一身补丁，进面馆时话不多，只点了一碗清汤面，不要肉酱，不加蛋，而且还是小碗的。

侃叔照做，端上来的时候，依旧是一碗骨汤手拉面，多加一勺肉酱，一颗茶叶蛋，还是大碗的。

老人捏着筷子咽着口水，但是只摇头不动筷，嘴里念叨着："清汤，小碗，清汤小碗就好。"

侃叔把面条向老人推了推："您就吃吧，这碗是免费的，进门就是客，相逢即是缘，请你吃碗面。"

那顿面条，侃叔和老人侃天说地，知道了老人来自千里以外的西部农村，和女儿失去了联系，出门找女儿，已经走了大半个中国，钱早花光了，可女儿依旧杳无音信。

老人离开时告诉侃叔，一路走来，这碗面最热乎，心不冷，赶路就不累了。

两年后的一天，有一位姑娘来店里，吃了一碗面，留下2000元，这足以付侃叔100碗面的钱了。

侃叔追出去，姑娘从口袋里拿出一张黑白照片，好半天侃叔终于想起了照片上的老人。姑娘告诉侃叔，老人不在了，但生前终于找到了自己的女儿，临终前老人告诉女儿去一次侃叔的面馆，付碗面钱，道一声谢谢。

侃叔边感动边摇头边把钱塞还给姑娘："就请吃碗面，是小事，小事。"

侃叔得知，姑娘姓白，是老人的女儿，在上海开办了一家特殊教育培训机构，专门为社会上的残障人士提供技能培训。

告别后，姑娘回了上海，侃叔继续给人做面条。

只是姑娘每年都会来一次侃叔面馆，坐在当年老人的位置，点一碗面，一枚卤蛋，多加一勺肉酱，吃得香，侃得也畅快。

小生在侃叔店里一待就是俩月。眼看着年关将至，好多人来侃叔的面馆吃一碗面。自古民间就有吃面顺遂之意，吃碗侃叔的手拉面作为一年的收官，既取个好兆头，又是对自己过去一年的小安慰，所以大家在面馆里相约明年接着顺当。

面是热的，汤是烫的，所以喝汤吃面人的心冷不到哪去，都是热气腾腾的问候与祝福。

小生却有心思，侃叔问小生，但小生只是摇头。

侃叔不问了，心里开始盘算着年夜饭多加一双筷子，怎么让家里多一份无声的欢乐这件事。年后，侃叔打算送小生去白姑娘那家特殊教育培训中心。

可就在年三十那天,小生又不见了。侃叔去面馆贴对子,顺便带小生回家过年,可到店一看,面馆锁着门,小生也不在店里。

刚开始,侃叔照常贴对联,以为小生只是去附近超市了,毕竟是孩子,前几天侃叔给小生开了点工资,这孩子也许去买好吃的了。

可是对联贴好了,人还没回来,左等右等,怎么等也不见人。

侃叔把周围超市卖场都找遍了,也不见小生的影子。

听着家家爆竹声,侃叔这回真急了,回家把老婆孩子都叫出来一起找。这三口人,年三十迎着一声高过一声的鞭炮,赶着一浪高过一浪的年味,满世界地找小生。

离午夜零点还有不到半个小时了,侃叔一家穿过大街小巷,依旧没找到小生。快到天桥的时候,侃叔有些心灰意冷,他早就把小生当作家里的一分子了,现在一家人不团圆,这个新年也失去了该有的乐趣。

侃叔叹了一口气,看着眼前的天桥,这曾是侃叔收留小生的地方。

没想到,一个少年正站在桥的下端,那个依旧是白炽灯的广告灯箱旁,他正急步朝侃叔这个方向走。除夕的寒风凛冽刺骨,少年一只手来回哈气去捂被冻肿的耳朵,另一只手里宝贝地举着什么东西。

"老爸,小生,是小生!"侃叔的女儿兴奋地跳起来。

侃叔一个箭步冲过去,怒不可遏:"败家孩子,大过年的,你成心和我过不去是不是!"

小生完全不理侃叔的怒气,他傻傻地举着手在侃叔面前摇晃,特兴奋。

那是一件红色的唐装,小生早就看中了,侃叔之前给他的钱他都攒起来,就想着过年买这件唐装给侃叔,红色的,特喜庆。

可是唐装太贵了,他攒的钱全掏出去了,没钱坐车,只得一路跑回来,有些晚,但好在还来得及。

回家后，侃婶偷偷对侃叔说："这孩子嘴里说不出，可心里比谁都灵，懂得感恩，重感情，是个好孩子！"

侃叔抽着烟，点头，整个头都埋在烟雾里。

侃婶知道，过完年，侃叔想送小生去白姑娘那家特殊教育培训中心学习，他想让他多学知识，可又舍不得小生走。

侃婶看着一直盯着唐装的侃叔，又说："要不咱让这孩子留咱们身边吧，明年女儿高考了，若是考不到本市的学校，咱们身边就一个贴心的都没了，想想啊，我心里怪空荡的……"

侃叔依旧埋在烟雾中，一个劲摇头："那不行，这孩子得去上海，他得去学习，在咱们身边能学会啥？以后可怎么办？"说完白了侃婶一眼。

侃婶不说话了，只是微微地叹了口气。

侃叔掐了烟，穿上那件红色的唐装，出去陪小生和女儿放烟花。那件唐装有点大，女儿说侃叔穿上像圣诞老人，特有喜感。

侃叔回："喜感好，大过年的就得喜气点，以后过年就穿它了！"

就这样，侃叔每年过年都会穿着这件有点大的红色唐装，手里拿着电话等FaceTime亮起。

小生后来学会了发短信，可侃叔就是不依，他就是要用FaceTime看在外头努力学习的小生，和他连比画带喊好一阵，累得一头汗，才算拜年。

其实FaceTime还有一点好处，那就是能看见小生是胖了还是瘦了，是不是长高了，这不仅仅是FaceTime，更是Family Time。

这个世界压根就没有穷途和陌路，每个人的心都流淌着热血。

如果你说你感到冰冷、孤独，那是因为你还没遇到像侃叔这样的人。

但没遇到不代表没有，就像冬天虽然冰冷袭人，可太阳依旧照常升起,从来不缺少温暖。不是有那么一句话吗:人间自有真情在。

而侃叔坚持经营的小面馆就是如此,简单质朴,味道怀旧,且意义非凡。

侃叔虽然特会侃,却非常实在,他手里只有一根擀面杖,却可以让满屋子充满麦香。而我也相信,他会让这个世界,更多一些阳光。

不行了,我现在肚子咕咕叫。

天色尚早,侃叔还没打烊。

要不,我请你吃碗面?

总该有段回忆叫"哎哟,不错哦"

我的同事小卡,曾经不止一次表现出对如今火爆的真人秀不感冒,谈不上喜欢,也不是讨厌,只是觉得这样的节目并没有种植在她生活的后花园里,所以没看见它们盛开,自然也不会担心它们会凋零。

没想到有一天,小卡主动和我说起"中国好声音",她说这季导师里据说有周杰伦。

我不明其意,反问:"So?"

她说:"他都当导师啦!"

我说:"他当导师怎么啦?"

她忙摇手:"不不不,我没有质疑,也没有肯定。"

我沉默了,我想当时我真的没懂她的意思。

周末我一个人去逛城南的树洞书屋,一进门我便看见小卡正蹲在明信片的卡架前,专注地挑选着明信片。

"哟,全是杰伦呀!"我悄悄来到小卡的身后。

专注于挑选明信片的小卡被我一吓,手里拿着的厚厚一沓明信片好多掉在了地上。

"还说你不是杰伦的脑残粉?"我边捡边开玩笑。

小卡只是笑笑,继续捡掉落的明信片。

后来，我们两个找了个座位坐下，小卡一边忙着填写挑选出来的明信片，一边和我说，周杰伦于她，真的没有爱与恨的标签，他只是不小心写进了她的岁月里，再矫情点说，她的青春里有一本日记叫周杰伦。

当同学们开始被《伊斯坦堡》洗脑的时候，小卡对他们嗤之以鼻，这并非出于喜恶，单纯是一种叫作"叛逆"的东西作祟。

叛逆和特立独行就像是一对双胞胎，很多人都会不知不觉地把它们认错，但是其实叛逆是一种成长，而特立独行是一种成熟，看着很像，但一个让所有人都讨厌，一个会让有些人喜欢。

当然，明白这一点，小卡也用了好多年，这是需要付出代价的。

当小卡坐在单车后座上戴着耳机开始哼唱《简单爱》的时候，她真想载着自己的永远是那位风一样的少年，白色衬衫时不时飘散出洗衣粉的味道，永远是他。

尽管后来不是，可小卡至今在某个孤寂的夜里还会想起那少年，不知不觉地哼起一句歌词给漫无边际的黑夜听："我想就这样牵着你的手不放开，爱能不能够永远单纯没有悲哀……"她想她叫这首歌为初恋，再合适不过了。

毕业季的那个夏天，她们输掉了爵士舞的选拔赛，她和闺蜜就那么平躺在露天舞台的地板上，一点力气都没有。黑漆漆的夏夜，她们可以清晰地听见彼此的心跳。小卡听见闺蜜的心在说：下一轮啥时候开始？

她想闺蜜也能听见她的心在说：评委都没退场，我们还有机会，继续！

是的，她们觉得比赛并没有结束，心不甘，眼睛却湿了。最后她们朝那条银河喊："我留着陪你，强忍着泪滴，有些事真的来不及，回不去……"

那是她们《最后的战役》，小卡叫它友情岁月，因为友情谁没热血过。

藏在象牙塔深处的校草同学问小卡，那时的你像个诗人，怎么会那么浪漫？她笑着打趣，告诉校草同学那是一种独有的气质。校草摸着小卡的头，嘴上说她捣蛋，但心里很回味。

小卡清楚记得在学生会干部竞选的会场，校草同学也在。老师让小卡念竞选词，她阔步上台，开念："有谁能比我知道，你的温柔像羽毛，还有没有人知道，你的微笑像拥抱，多想藏着你的好……"

全场哗然，老师怒了："滚！"然后一阵哄堂大笑。

小卡目不转睛地盯着校草同学，校草慌了神，脸都红了。

其实这些情报都是校草的室友告诉小卡的，那段时间校草同学特别喜欢那首歌，在寝室里进进出出总是哼唱，根本停不下来。小卡成功"贿赂"了校草的室友，她有个秘密至今没让校草知道，其实，在校草同学还没成为小卡男朋友的时候，他的室友们就已经叫小卡嫂子啦。

《你听得到》，小卡想让校草同学听得到！她就叫它表白。

杰伦真的太火了，他的《七里香》专辑价格水涨船高，苦日子先生拉着小卡的手来音像店买新专辑，竟然要一百多块钱。苦日子先生咽了咽口水，摸了摸口袋，浑蛋，买不起！

最后苦日子先生和小卡在夜市，瘪着肚子，一人一口吃一根一块钱的烤肠，买了一张盗版CD，里面竟然还有歌词，尽管错字连篇。

小卡抱着苦日子先生的手臂对他说，《园游会》最好听："多希望话题不断,园游会永远不打烊……"

那场《园游会》,她叫它苦命不苦情,谁的日子里还没苦过!

那年的平安夜,小卡一个人站在大洋彼岸的冰雪街头,异国他乡,能听到一句中国话都会倍感亲切。

小卡的手上散发着浓烈的洗碗液味道,这和她想象中的留学生活大相径庭,没有红酒,没有松软的大床,也没有午后惬意的阳光,更没有可以抵抗孤独的人。

繁华的商业街头,雪花飘落在小卡的脸上,丝丝凉意,滑到唇边带着微微的苦涩,很像她的生活。

多少年来,小卡都想象着能过上一次原汁原味的圣诞节,如今就站在异国街头,气氛热烈,却满是乡愁和迷茫。

她感到了精疲力竭,手里捏着一份被退回的求职信,这样的信件她有得是,加上一些杳无音信的,这应该是她在大洋彼岸受到最多的礼遇。

她每天都在经历着,也许放弃才是最聪明的决定,小卡将手里的信撕成了碎片,扬撒在空中。它比雪花落得快多了,落到脸上被割得好疼,这就是现实。

这时有个熟悉的声音从街头门店的大屏幕上传来,唱着:"微笑吧,就算不断失败,站起来,再重来,把脆弱推开……"

小卡仰着头看着大屏幕,这么多年的坚持被多少场冷雨浇得狼狈不堪,但是雨过天晴之后,这一切都成了对梦想的灌溉,让内心更茁壮。

后来小卡还是回国了,她没能扎根美利坚。每每谈起那段日子,她总是自嘲:没想到美利坚的土地还真是坚不可摧。

大家一笑而过,好像什么也没发生过,但至今小卡的歌单里依旧存放着当年平安夜听到的那首歌,她叫它:为了梦想虽败犹荣。

从《一路向北》的街头到《傻笑》的巷尾，杰伦的歌在随便一家卖场、一间发廊、一条步行街都会听到，但是小卡没了听歌的心情，为了生活她只能选择行色匆匆。直到有一天她忽然停下忙碌的脚步，发现某组合出道了，某天团空降了，而杰伦去结婚了，去保护小周周了……

时过境迁，她会戴上耳机，静静听那首《爱在西元前》，默默想前尘。

小卡叫它岁月。

去年，小卡和未婚夫跑去听杰伦的演唱会，全场跟着杰伦唱《蜗牛》："我要一步一步往上爬，在最高点乘着叶片往前飞，小小的天流过的泪和汗，总有一天我有属于我的天……"

小卡看见好多女孩在哭，未婚夫的眼眶也是湿润的，那只牵着小卡的手攥得更紧了。

小卡从口袋里掏出一张纸巾，一边帮未婚夫擦眼泪一边逗他："蜗牛先生，以后我就住在你的壳里，好不好？"

未婚夫对着台上的杰伦大喊："以后我就有人陪了，再见！"

然后拉着小卡的手就跑，一路高歌。

最后一张明信片也被小卡填好了，小卡说这都是准备在结婚当天寄到婚礼现场的。这是她送给老公的礼物，更是送给时光最好的纪念，她要看着蜗牛先生亲自打开它，然后等待蜗牛先生那个深情的拥抱。

小卡曾经对我说，她真不是杰伦粉，只是他不小心闯进了她的生活里，不期而遇，却一直陪伴着她的青春。

尽管青春里都有遗憾，谁也不能保证未来的生活中就不再错过，可无论当时多么痛彻心扉，后来又把日子过得多么草木皆兵，转眼就到了今天，你会蓦然发现自己的日子没那么糟糕，看见帅哥心依旧会跳，脸依旧要红，依旧期待美好降临，终有一天也会遇见你的蜗牛先生。

到那时你会发现："哎哟，这生活，过得也不错哦。"

你的背包,它旧着依旧很好看

你一定听过陈奕迅的这首《你的背包》:"背了六年半,我每一天陪它上班,你借我我就为你保管,我的朋友都说它旧得很好看,遗憾是它已与你无关……"

我在一家咖啡店,偷偷把他的歌词改了:"背了那么多年,如今它每一天陪我上班,我的朋友都说它旧得很好看,最美是因为它与你有关……"

别人都说,你这么改,一定是想说一个俗套的爱情故事,里面塞满了痴男怨女,或是一次轰轰烈烈!

恰恰错了,这首歌,这个背包,是一个别样的故事。

苏小跳的背包第一次引起我的注意,还要追溯到我们几个人一起去杭州的时候。

那天我们的航班因为空中管制而被推迟了,我在机场捧着一本书打发漫长的候机时间。书看久了人总会觉得颈肩酸痛,头晕眼花,我抬起头透过巨大的落地窗眺望外面的停机坪,那一刻,我看见了苏小跳的身影。

她娇小的身形,却背着一款与其极不协调的旧旅行包,特别显眼。

很明显,这款背包不是故意追求做旧的设计效果,也不是哪个国际品牌的经典款式,它是真真正正地被人背旧了,旧得很自然,反倒也不赖,只是它背在一身潮装的苏小跳身上,那画风让人感觉怪怪的。

你问我苏小跳是谁?

她可是公司里的时尚达人,在她的日常生活中你总能找到最新款的电话、当季最流行的潮鞋,或是刚刚在时装周上出现的热门服饰搭配。

我很纳闷,放下书来到苏小跳身边,能更加仔细看清她的背包。那是一款双肩的灰色旅行包,边角已经被磨白了,背包的灰色也因为阳光加洗衣粉合成的漫长岁月而有了深浅不一的褪色。

"小跳,你是不是把你老爸的包背来了?"我问苏小跳,在我看来,这款背包如果背在一个老人身上或许会更合适。

苏小跳的眼睛一直盯着远处一架红色尾翼的客机,很入神。

我想,苏小跳的老爸一定后悔当初给她起了这么一个名字。据说,苏小跳从小就没稳当过,像只哪儿热闹就蹿去哪儿的小猴子。

那年夏天,闺蜜牵着苏小跳的手一起放学,两个人一人一根提子味的奶油雪糕,吃得满嘴全是。走到橱窗旁,两个女孩被里面的一款背包吸引了,小脸蛋儿紧紧贴着玻璃橱窗向里看,丝毫不知道自己嘴上的奶油蹭糊了店家的落地玻璃。店家老板看见了,马上出来撵人。

闺蜜掐着腰问店家老板:"你看你,多大的事啊!多少钱?我买了!"

老板觑着眼睛一脸质疑:"二百二。"

闺蜜转过头对苏小跳说:"我还有一块五,你有多少?咱俩合钱买吧。"

苏小跳连连点头,然后掏口袋:"我有七毛。"说完倾囊相送,递给闺蜜。

"两块二?你们两个小屁孩在这儿逗我呢?你们家大人呢?"老板瞪大着眼睛,扭着屁股进屋去拿抹布,然后又扭着屁股回来擦玻璃上的奶油印。

"喂，大叔！还差多少呀？"闺蜜在老板身后问。

老板也不回头，对着玻璃哈了一口气，说："还差100倍呢！"

闺蜜和苏小跳，你看看我，我看看你，仰着头算了半天，又问老板："那是多少？"

这时老板擦完了玻璃，回过头撇着嘴笑："就是你们一天一人一根奶油提子雪糕，趴着往里看，还得看一百天。"

"这么简单？走，我们回家攒钱！"闺蜜拉着苏小跳，一蹦一跳地走了。

从那天起，闺蜜不再吃最爱吃的提子味的奶油雪糕，可苏小跳就是坚持不住。提子味的奶油雪糕太诱惑人了，小跳一吃，闺蜜就咽口水，但她还是忍着不买。

于是放学的时候，两个小姑娘都会趴在窗户边看里面的背包，然后你一口我一口吃着一根雪糕，吃得满嘴奶油，随后又蹭了人家一玻璃。老板拿着鸡毛掸子就冲了出来，闺蜜一把拉起了小跳，还不忘朝店家老板喊："大叔，你要给我留着哦，钱，我马上攒够了……"

有天苏小跳问闺蜜，等买了橱窗里的背包，你想干吗？

闺蜜托着小下巴，一脸期待和小美好地告诉苏小跳，她要背着它去好多地方，去看大海，踩最软的沙滩，在沙滩上堆一座大大的城堡，还要去看白白的雪山，喝最甜的雪山泉水，去蹚最清澈的小溪，让小鱼亲自己的小脚丫。

苏小跳一个劲儿点头，到时，两个小姑娘背着橱窗里的背包一起去。

从那天开始，连苏小跳也不吃提子味的奶油雪糕了，她忽然发现，有一种东西比提子味的奶油雪糕更甜，更诱人，那叫梦想。

可是忽然有一天，苏小跳迟到了，她哭花着脸，眼睛又红又肿。

原来，背包不见了，橱窗里换成了大蛋糕，比苏小跳用尽力气跳起来都高，而老板也换成了一个年轻爱笑的大姐姐。

苏小跳很焦急，马上冲进了店里，那个特别会擦玻璃的老板哪儿去了？还有橱窗里的背包呢？

大姐姐比老板大叔客气多了，笑起来很好看，但是除了笑她还会摇头，一问三不知。出了店门，苏小跳可是走一路哭一路。

闺蜜一扬手："多大的事呀，放学我们去找老板大叔和背包。"

放学后，两个小姑娘真的去找老板大叔和背包了。她们走了好远，每到一家橱窗前就趴那儿往里看。这世界，橱窗里什么东西都有，可就是再也没有那个背包了。而且那么多橱窗玻璃，也没有一个能比老板大叔擦的干净。

后来，两个小姑娘迷路了，她们手牵手，眼看着夜幕降临，也找不到回家的路了，最后还是被警察叔叔带回去的。警察叔叔很和蔼，可爸妈就没那么好了。

第二天，两个小姑娘屁股疼得都坐不到座椅上。

苏小跳问闺蜜："你疼吗？"

闺蜜又一扬手："多大的事啊，放学了我们接着找啊。"

苏小跳直摇头："不找了不找了，屁股开花太疼了，算了吧。"

放学后，闺蜜让苏小跳在大橱窗的蛋糕下面等她，自己一个人跑去找。

苏小跳蹲在大橱窗前的地上，一边等一边画背包，因为以前每天都会来看，早就烂熟于心，所以画起来特别顺手。

不一会儿就画好一个，这个给闺蜜，背着去海边。

不一会儿又画好一个，这个给闺蜜，背着去雪山。

画了好多，橱窗前都摆不下了，再画最后一个吧，这个留给老板大叔，让他摆回到橱窗里，它可比大蛋糕好看多了。

刚画完，背包就出现在了自己面前。哇哦，苏小跳发现原来自己是神笔马良呀，画着画着，背包就活了，它就在自己眼前晃悠。苏小跳不敢相信，揉了揉眼，再看，是真的，真的是朝思暮念的背包，还有特别会擦玻璃的老板大叔。

老板大叔把书包送给了苏小跳，他告诉苏小跳，要好好保管哟，这是一份特别厚重的礼物，以后无论丢掉什么，也不能丢掉它。

苏小跳特别高兴，跳起老高，闺蜜说得没错，苏小跳天生运动神经发达。

可是，闺蜜呢？闺蜜怎么还没回来？这么晚了，不会又迷路了吧？老板大叔拍了拍苏小跳的头，要送她回家，苏小跳说什么都不走，非要等闺蜜一起回家。

最后没办法，老板大叔搬出了苏小跳的父母，苏小跳只得乖乖走了，没办法呀，打屁股实在是太疼了，再打就真开花了。

从那以后，苏小跳每天背着背包蹲在橱窗下面等闺蜜，她相信自己就是神笔马良，画着画着，闺蜜就被画出来了。一天画一张，一直画到苏小跳搬了家，闺蜜也没有再出现过。

后来，苏小跳一有时间就会回去，买一根提子味奶油雪糕，蹲在大橱窗前画闺蜜。苏小跳从两只小辫子变成了一条马尾辫，可画里的闺蜜一直梳着和自己那时候一样的小辫子；苏小跳从系红领巾变成了系蝴蝶结，可是闺蜜的胸前一直飘着红领巾。很多东西都变了，直到有一年，大橱窗都不见了。

可苏小跳画的闺蜜却没变过，背包没换过。她记得闺蜜说过，要一起去很多地方,她还记得老板大叔告诉她,以后无论丢了什么也别丢了这个背包。

没错,苏小跳越来越倔强,认准一件事誓死不回头,就像当年闺蜜执着去找背包的样子。

后来苏小跳才知道,原来倔强和坚持是一对双生花,怪不得她和闺蜜的友谊会那么好。可是,倔强和坚持气坏了父母,这么多年,苏小跳不顾家里的反对,一个姑娘家背着背包走了好多地方。去了海边,在柔软的白沙滩真的堆起来巨大的城堡;去了白白的雪山,在雪山脚下喝了泉水,果然清冽甘甜;她去过无数条小溪,都是那么清澈,小鱼会来亲吻她的脚趾,温柔且胆怯地在她脚边和她说说儿话。

小鱼问:"你是怎么找到我的?"

苏小跳答:"我有个闺蜜,是她告诉我,你们在这里。"

小鱼问:"那她人呢?"

苏小跳笑着和小鱼告别:"她在下一站等着我呢。"

苏小跳义无反顾地走了好多路,而爸妈说得最多的一句话就是:"疯丫头,活猴子,早去早回!"

苏小跳满口答应,可没有一次按时回家,早出晚归,让人提心吊胆。

终于有一次,苏小跳提前回来了,可这次满身伤,是被抬回来的,直接进了医院。原来,苏小跳在云南徒步穿越时适逢大雨,从山上滚了下去,两天后才被人发现,浑身伤口,没让狼吃了算万幸。

当苏小跳再醒来的时候,左腿打着重重的固定。

她笑着,对父母亲朋摆鬼脸,说自己见着上帝了,但上帝告诉她,革命尚未成功,同志仍需努力,所以她与上帝把酒言欢后,就回来了。

那时,她发誓,等固定拆下来后,她还是要继续她的行程。

可是,当固定真的拆下来了,她却发现自己把左膝落在了上帝的宴会上，她再也跳不起来了，运动神经就此和自己作别。

苏小跳成了"苏小瘸"，大夫鼓励她，还说恢复得好可以不用拐杖。

可苏小跳受不了，她从床头的小木柜里翻出了背包，装上自己的东西，背上要走，可脚一沾地就来了个马失前蹄，脸先摔在地上，鼻青脸肿。

苏小跳揉着脸，一下子就哭了。她很想站起来，她很想继续拿起背包去跋山涉水，可不经意地扭头，她却看见了一个刺疼双眼的事实：背包破了许多洞，里面的东西散了一地，什么也装不了，和自己一样，成了废物。

苏小跳还真成苏小"跳"了，她拿着漏洞的背包，用右脚一跳一跳地去了医院天台。她想自杀，她觉得生活无望，可她往下一看眼睛就晕，所以苏小跳倚着天台的台阶开始吃安眠药，一片接一片，最后干脆一把吞。

苏小跳眼皮发沉，睡着了。

她又蹲在了大橱窗下面，背着背包在那儿画闺蜜，这次她又成神笔马良了，闺蜜真的出现在了自己面前。

苏小跳哭得梨花带雨，她告诉闺蜜，背包破了，自己再也没法去下一站了。

闺蜜一扬手："多大的事啊，你不是还有我吗！"

苏小跳笑着点头，去抓闺蜜的手，闺蜜忽地就不见了，苏小跳一下就急醒了。醒过来的时候，她躺在病床上，身边的老妈戴着老花镜，在那儿一针一线地缝补着那个破背包，一个洞一个洞地补。

老妈头发白了，眼睛花了，每一次纫针线比缝补的时间还要长。

苏小跳紧闭着眼，咬着嘴唇哭不停，若是刚刚就在天台上那么死掉了，老妈和老爸准得一夜白头，眼睛会哭瞎啊。

后来，苏小跳才知道，刚刚的天台，已经是三天前的天台了。

躺了三天三夜后终于恢复意识的苏小跳，被老妈紧紧揽在怀里："我们确实是两代人,真的有太多不一样了。你们东西坏了就要扔掉换新的,所以特别怕东西坏掉,得失心太重。可我们这代人,东西坏了就拿去修,破了就拿去补,不怕缝缝补补,就怕破罐破摔。"

从那天开始,苏小跳每天都带着老妈缝好的背包,连睡觉都要抱着,比以前更爱不释手,更如影随形了。

苏小跳将目光从飞机的红色尾翼上收回来,笑着看向我,深深呼吸,然后歪着头问我:"你猜这背包我背了多少年?"

我哈哈笑,对她说:"背了多少年,我算不出,但我想你会背很久……"

苏小跳笑了,她的笑声特别悦耳动听。

你说我将陈奕迅《你的背包》的歌词改得是不是很有道理呢?

背包也好,戒指也罢,哪怕是一封书信,无论是什么,当你有这么一个物件,能成为你生命中不可或缺的一部分,你应该觉得这是一件幸福的事情。

因为,它装着你的梦想,你的友情,你的执着和坚持,还有你所有的回忆,而这些,会让你变得更真实,更优秀,更丰盛。

哦对了,忘记告诉你,有一句歌词我没有改:"千金不换,它已熟悉我的汗。"

是呀,它美在千金不换,美在熟悉相契,美在珍惜拥有。

第四章

有个挚友,天南海北一起走

朋友总能看到你生命之外的另一面,
一个连你自己都忽视掉的另一面,
你春风得意却忘了人生还会有千里冰封,
你自我陶醉却不顾宿醉的头痛欲裂。

没关系,好兄弟,好姐妹,
他们有话陪你一起吐,他们有酒陪你一起喝。

谁最在乎你，朋友圈是晒不出来的

话说老吴是个将愚蠢进行到底且死不悔改的傻帽儿，一副中年发福的"怪蜀黍"形象，标准的傻呆痴，八字"医嘱"：无药可救，放弃治疗！

今天下午，老吴偷偷动了我的手机，还偷上我的微信，在朋友圈发了一条自曝假消息，内容如下："我承认我就是个呆瓜。"

瞬间惹来关注无数，朋友圈的留言如潮水。

看着那么多的留言，我想起了一个故事。

那是一位前辈和我讲过的故事。

有个女生毕业实习的时候，抢了闺蜜的男朋友，而后又因为要陪男生去澳洲，和家里闹翻了，没有家里的支持，自然也就没钱去澳洲，于是借了好多朋友和同学的钱，在一个月黑风高的夜里，和男生私奔飞去了澳洲。

其实仔细想想，肯把自己最爱的男朋友介绍给你的，除了闺蜜，还会是什么人呢？不舍得让你离他们太远，不愿你过苦日子而和你怒发冲冠的，除了父母，还会是什么人呢？还有那些肯倾囊相助，借你嫁妆钱和奶粉钱的，又是什么人呢？

总之，那段时间他俩众叛亲离，和全世界为敌，幸福里只剩下两个人在澳洲你侬我侬，然后在微信朋友圈相依相偎了。

这样的生活其实没什么可以和别人分享的，逢年过节发个朋友圈，点赞的和留言的加起来就两条——男生给点个赞，然后留了句：爱你哟。

两个人在海外的日子表面看上去像是挺甜蜜，挺浪漫，但生活本身的确很艰苦，刚开始来澳洲带的那么点钱，很快就花没了。

两个人只能跑去住更廉价的黑公寓、非法出租屋，买超市快过期的打折牛奶和面包。

后来那男生终于熬不住了，他偷偷撇下女生，和一个德国妞跑去了欧洲混绿卡。其实这种男人一抓一把，倒没啥可吃惊的。

只是女生比较惨，一个人困在澳洲，上天无路，入地无门，有上顿没下顿，更关键的是还怀了那男生的孩子。

真是想死的心都有了，那天晚上，女生一个人在黑咕隆咚的非法出租房里，写了封巨长的遗书，然后开着煤气说再见。

女孩在朋友圈的最后一句是这么写的："你们和世界说晚安，我已经和它道来世！"

女生躺在黑暗里等死亡来敲门，可当她再一次苏醒过来，却发现自己非但没死成，还躺在当地的一家医院里。

她的电话已经没电了，重新充电，然后开机，蹦出满屏的未接来电，爸妈、闺蜜、还有若干未知号码。打开朋友圈，沉寂了一年多的朋友圈评论区被顶爆了。

闺蜜留言："你发什么乱七八糟的，你还欠老娘一顿大嘴巴子，还完再说。"

大学在一个寝室住了四年的上铺肥妹留言："回来吧，什么事还能有那年我压塌床板，差点把你砸毁容严重……"

从小就爱告状的四姑父家的小表姐留言："妹，信不信我把这事告诉咱姥姥，你舍得白发人送黑发人吗？你……这是要逆天啊！"

那么多的留言，唯独找不到那个男生，哪怕点个赞也好。

后来她从医生那儿得知，自己能够得救，完全是因为一通通越洋电话生生打爆了急救中心。

说起这事，医生和女生开起玩笑，因为都是越洋电话，而且大部分说的都是中国话，呜呜哇哇说了一大串，而且语气强硬、焦急，好多接线员听不懂，还以为是什么恐怖组织的恐吓电话，险些报告给国家安全部门。

最后还是一位曾经在中国留过学的澳洲人，听懂了电话内容，这才救了女生。

一切就像一场大梦，梦醒了，所有人都在，只有那渣男死在了梦里。

女生哭到不行，她真的想家了，也知道哪里是家了。

她决定回国，临上飞机前，她照了一张飞机票的票根发到朋友圈，简单扼要地只写了四个字："要回去了。"

几年的澳洲生活，除了这样狼狈的返程票根，再也没什么可以晒的了。

一场疯狂，荒凉一梦。

国内飞机场，飞机如期而至，女生戴着黑色大墨镜、口罩，脸被严严实实地遮住。她低着头走在川流不息的人群中，外面是长长的接机长队，一字排开。

女生快步走在最前面，忽然，她的手腕被人轻轻拉住，回过头，一双浑浊的眼眸盯着女生看，眼里除了忽闪而过亮晶晶的颤抖外，更多的是心疼："太瘦了……"

"妈！"女生的鼻子酸了酸，喊了一声，然后便一头撞进女人的怀里，像个受尽委屈的孩子，哭湿了妈妈的肩头。

细数澳洲这一遭，一场空梦，全是失去。

曾经奋不顾身爱的男人走了，自己与这个男人唯一的孩子也没保住，可还好回国了，父母还在，也有好些人从未离开。

又是新的一年除夕夜，女生拍了整整九张照片，红灯笼、对联、饺子、鞭炮，照片里装着满满感谢、祝福、希望和幸福，一番精心的美图后，煞费心思地在零点钟声响起时晒在朋友圈里。

大年初一，女生还没爬起床，第一件事就是去朋友圈收获回馈的甜蜜，结果打开朋友圈，一条留言也没有，气得女生在自己的除夕九宫格美图下面回复："你们这群怪咖！"

不知道为什么，女生心里一点也不失落，因为人都在，他们知道女生如今幸福，就会自动选择无事退朝。

朋友圈是个神奇的地方，过去好多人在里面发现生活，如今好多人在里面向生活乞讨。我们每天都在被不停地刷屏，不停地秀着自己所谓的幸福。

英国作家威廉姆·拉尔夫·英奇曾经说过："最幸福的似乎是那些并无特别原因而快乐的人，他们仅仅因快乐而快乐。"过去我以为这句话刚好抓住了幸福的尾巴，也为此告诉过好多困惑中的小伙伴：幸福的根本便在于自我的分享，只有自我分享了甜蜜，才能达到内心真正的快乐。他们对我感激涕零，如获至宝。

如今我却觉得我领悟的这句感悟是再假不过的洗脑金句。

忽悠忽悠人，骗骗钱可以，但并不实用。

其实真正的幸福不是分享甜蜜，而是分担苦事。

就像老吴在我微信朋友圈里做的蠢事，你看，这一条条来自各个角落的反应，其实我很幸福！

不过，说起老吴，他是我微信朋友群里出了名的一万年不说话的"活死人"，潜水艇排行榜永远高居榜首，永远不发言却疯狂抢各路红包，从来不发朋友圈，冷不丁发一条，百分之百是集赞的，你说可不可恨！

和老吴比起来，我属于另一类人，没事就刷微博、微信，每天更新两三条状态。这也没什么不好，我把它当成了一种新的日记记录方式，不是特意写给谁看，只作为自己人生轨迹中的一种注脚罢了，许多年后偶尔翻看，倒更有一番情趣和回味。

可忽然从一天开始，我的微信、微博不再更新状态，不再出现只言片语，反倒是急坏了老吴这群隐身党。

那段时间我和我的前任分手了，关掉电话，关掉电脑，把自己困在卧室里，每天的生活里只有睁开眼想他和闭上眼梦他这两种状态。

那天一大早，老吴砸我房门，我用被子紧紧裹着自己，这是我想到唯一可以隔绝声音的办法。

谁想老吴不肯走，砸门声是越来越大，惊得四邻不安，老吴依旧在我门口不依不饶，最后我只好认了，起床，开门。

一开门，老吴被我那蓬头垢面的造型吓了一跳，随即拿出手机一边拍一边哈哈笑，这"怪蜀黍"竟还是个偷拍狂！

从那天起，老吴动不动就来砸我房门，进门先拍照，把我的"窘态"昭告天下，微博、微信双通道晒图，关键还真有那么多点赞的！

我都快被耗死在一场痛彻心扉的爱情里了，他还要拿我开心，这和鞭尸有什么区别？这不是典型的落井下石吗？

老吴就是这样陪我走过漫长的岁月，也许疗伤最好的办法就是陪伴，那些受过伤的人都知道，其实内心的孤独才是这道伤口里最难结痂的地方。

当我发现自己从一场失恋的漩涡洪流中渐渐脱身的时候，老吴又不见了。

约他喝酒,他说要清净,戒了。

约他打球,他说要休息,伤了。

没过多久,又看见他躲在各种朋友群里抢红包,看热闹……

什么时候你才会知道谁最在乎你呢?

我可以肯定,一定不是你春风得意马蹄疾的时候。

你去晒幸福,人家和你保持距离,倒不是因为羡慕嫉妒恨,更多人觉得幸福这东西就像一只乖顺的小猫,你每天抱着它晒晒太阳,别人又怎么忍心去打扰你,吓跑了你的小猫呢?

可如果有一天,太阳不见了,小猫也丢了,满天乌云密布,风霜袭人,你一定会看见他们出现,帮你撑会儿伞,加床被子,和你说一声:"我陪你找会儿猫,等太阳出来,你再接着晒。"

这时你就会知道,这个世界,谁最在乎你。

所以,有些甜蜜是晒不出来的,而晒出来的,未必有多甜蜜。

等到乌云压城城欲摧的时候,微信朋友圈,我们各自见分晓。

别一说"缘分"就想到爱情

说起大华和杰克,你知道有句话叫不打不相识吗?

这两个人就是因为一场肉搏战最后成了莫逆之交。

那场发生在酒吧门口的大战让很多人印象深刻。

两个人滚了半条酒吧街,火遍各大视频网站,甚至上了微博热门话题。其实两个人的打斗并没有多少视觉冲击,更不可能有WWE(美国职业摔角)那么专业,主要是两个人肉搏的原因足够奇葩。

那天晚上,大华和女朋友大吵了一架。

大华心里憋屈,跑去酒吧买醉,喝到了凌晨才出门。他想通了,低个头,给女朋友打个电话,承认错误,哄一哄,亲一下,女朋友的气应该会消不少。可电话打出去,还没接通就没电了,就在这时,大华刚好遇见从酒吧走出来的杰克。

"江湖救急,兄弟!"虽然两个人素不相识,但杰克听完大华的"情感告白",还是怀着一颗"宁拆十座庙,不毁一桩婚"的慈悲心将电话借给了大华。

大华一边感恩戴德地向杰克致谢一边打开拨号键。

"189123……"大华像是背顺口溜地敲下号码,按了一下通话,谁知电话屏幕上立刻跳出联系人:微信艳遇编号008。

大华先是愣了一下,然后瞬间爆发。

还"微信艳遇编号008",我打你个满地找牙脸上开花!

发生这种情况,一场肉搏是无法避免了,两个人翻滚半条酒吧街也应该是正常的。

这种情况发生的概率到底有多大,估计没有人去调查。

毕竟谁也不会有事没事就去街上找人借电话,然后拨给自己的女朋友吧?

所以这件事,除了给自己添堵,其他一切科学研究价值都没有。

大华承认,第一眼看到杰克手机屏幕上的名字时,他脑门发胀,差点气晕,于是挥起的拳头都没了轻重。

一直自诩情圣的杰克,莫名其妙挨了一拳,心里也不服气:好心借人手机,却挨了这酒鬼一顿打。借着点酒精的作用,两人扭打在了一起。

后来,两个人"顺理成章"在派出所蹲了一晚,暴脾气的两个人,各自扬言以后别见着对方,否则见一次打一次。

所以当最后两人不再是一对见面就打架的死对头,而是一对见面就拥紧彼此的铁哥们时,他们总是感叹这缘分的无穷魅力,多年前的"此生不复相见"化为了兄弟间的肝胆相照。

然而,酒吧对打事件后,大华在千里之外的丽江又一次遇见杰克了。

那晚,杰克在丽江的酒吧里卖唱,但他又把电话借人了,不过这次是借给一个姑娘。那姑娘神色慌张,微微颤抖,拨出一串号码,旁边有个喝醉的老男人不停地在女生身边动手动脚,举止轻浮。

也正巧,姑娘刚把电话还到杰克手上,大华就急急匆匆地出现在了酒吧里,他看见杰克和站在他身边的姑娘,一个箭步冲上去,不由分说就是一记直拳,出拳猛准狠:"又是你!"

杰克当然对大华印象深刻，多亏他还背着一把电吉他，吉他一挡，六根弦折了四根，杰克当场就怒了，结果两人再一次打了起来。

"错啦，错啦！"打电话的姑娘急得在原地直挥手。

最后，姑娘索性猛地扑向大华，拉过他的肩膀，指向人群中一个正在看热闹的老男人："是他！"

"不是他？"大华看了看姑娘，又看了看杰克。

姑娘拼命点头："是那个日本人！"

大华一翻身起来，三步并作两步，扑向人群中的那个老男人。

可是这么一交手，大华才发现，这日本老男人还真不那么好对付，力量足还懂技巧，三两回合下来，大华明显处在下风。

杰克也爬了起来，本打算在旁边站着看会儿热闹，等两败俱伤了，再抓住大华让他赔自己吉他钱。

但杰克发现压根儿不是那么回事，估计两败俱伤不可能了，眼看着那日本老男人骑在大华身上左右开弓。

就算刚才借电话的姑娘不向杰克投来那么难以抗拒的求助眼神，杰克也准备出手了。

杰克一手抄起那把只剩两根弦的吉他，猛地砸在日本老男人后背上。日本老男人想不到会腹背受敌，毫无防备，这一砸，老男人瞬间掀翻在地。战局扭转，但老男人不甘示弱，结果三个人滚在了一起，场面乱套了。

就这样，大华和杰克又"顺理成章"被带进了派出所。这回事态可比上次严重多了，两个人把人家"国际友人"打脱了相，完全和护照上成了两个人，连国都回不去了。

活该！谁让他欺负我们中国姑娘！

大华和杰克在派出所依旧义正词严。

"你们俩到底谁是主犯？"派出所的民警开始做笔录了。

两人都知道，这事只要一承认，肯定吃不了兜着走，这不像两人在酒吧街那次，顶多算是扰乱社会治安，可这次真不同了，小一点是个人事件，弄不好就是"国际争端"。

杰克好不容易找到一家酒吧驻唱，算是暂时解决温饱了，这年头找个地方栖身多难呀。可这么一闹，估计酒吧这活儿算是没了，弄不好还得蹲几年。

他正犹豫之际，大华一举手："我！这小子是拉我的，结果被我一起揍了。"

派出所民警疑惑地看了看杰克："是这样吗？"

杰克吃惊地看着大华，张着嘴半天说不出话来。这剧情反转得也太快了，他们不是见一次打一次吗，怎么对方把所有罪责全扛了下来？杰克的脑子有些跟不上。

"欸，问你话呢！"警察敲了敲桌子。

"那日本人欺负我妹妹，你说，谁能忍！"大华继续说。

"没让你说话！"民警指了指大华让他闭嘴，然后继续问杰克，"问你，是不是这么回事？"

杰克像个打碎花瓶不敢承认的孩子，低着头不敢正视询问他的民警，只是怯懦地点了点头。

"你俩以前认识吗？"民警继续问。

"认识，何止是认识，哈哈……"大华一笑，没想到扯到了脸上的伤，疼得他龇牙咧嘴。

"这么说，你俩还是团伙作案啊。"民警说。

大华忙摇手："不是团伙，我俩是仇人，就是一见面分外眼红那种。"

"啊？"民警同志已经是一头雾水，继而转向杰克问，"你说！到底怎么回事？"

杰克支支吾吾说得一团乱，大华推杰克一把："这事和你有什么关系，滚！"

蹲在那儿的杰克一屁股坐在地上，喊了句："统一战线！"

什么乱七八糟的！民警把笔一扔，这口供没法录。

后来，民警让杰克先回去，但是这件事没结束前不能离开丽江，随叫随到。

大华笑嘻嘻地和杰克摆手："以后别让我看见你，见一次打一次！"

回酒吧的路上，杰克脑海里一直浮现着大华蹲在派出所朝他笑嘻嘻摆手告别的画面，心里竟然升起莫名的伤感和愧疚，就像抛下多年的老友，后会无期的心境。

杰克回到酒吧，根本不和老板解释昨晚的状况，扛起那把支离破碎的吉他，直奔派出所。

"你怎么又回来了？"在派出所门口正好碰见了给他们录口供的民警。

"我是回来自首的。"杰克说出这句话的时候，心里就像卸下了一块巨大的岩石，也许"畏罪潜逃"的都是这样吧，彻底的如释重负来自勇敢的面对。

大华一脸惊愕地盯着杰克重新蹲回到自己身边，半天说不出话，一开口就问："这么快你又犯事啦？"

杰克瞥了一眼大华，回了句："我是怕你跑了，到时候谁赔我吉他！"

大华哈哈大笑，引来民警同志的怒目才算噤声，他对杰克说："那我被你抢了个女朋友，是不是得给你点'回礼'呀？"

杰克眨巴眨巴眼睛，恍然大悟："哥，你不会和人家分了吧？"

大华眉毛一竖："你这禽兽还想给我戴一辈子绿帽子啊！"

杰克喷了一声："要不，咱俩对对词，我觉得咱俩可能是串戏了……"

　　大华之所以来丽江，完全是因为情伤未愈，都说丽江艳遇多，治疗情伤最好的方法不就是开始一段新的感情吗？

　　而一向自诩情圣的杰克选择来丽江生活也就更加不奇怪了。这样看来，两个人的狭路相逢似乎有其必然性。

　　那么我们说说偶然性吧。大华自和女朋友分手后，整个人都不好了，所以当他说要出去散心的时候，家里人肯定是不放心的，于是大华的堂妹受家人重托，一路跟随，虽然做不了情感理疗师，可当个小护士还是绰绰有余的。

　　可谁能想到，大华的堂妹竟然在杰克唱歌的酒吧遭遇骚扰。

　　那晚大华正在四方街上闲逛，一对对小情侣撞着这个孤独的肩头，大华心里五味杂陈。他依旧忘不掉自己的女朋友，他手里拿着电话本想拨过去，可是想起那个曾经显示在杰克手机屏幕上的名字，大华恨不得将杰克和前女友一剑封喉，除之而后快。

　　就在这时，一个陌生的号码打了进来，他一听是堂妹的求救电话，说自己在酒吧遭遇骚扰，大华满腹的郁愤之气正没处发泄，这下可算是遇到撞枪口上的了。偏偏一进酒吧就看见杰克站在堂妹旁边，想想当时大华那一记直拳积蓄了多少前仇今恨，难怪吉他弦一拳折了四根。

　　而这一切的源头都是杰克电话里的那个"微信艳遇编号008"。

　　杰克这人哪儿都好，为人仗义，弹得一手好吉他，而且也是个路见不平一声吼的真汉子，唯独一样不好，太自恋，老把自己看成万人迷。这个"微信艳遇编号008"只是他001到无穷大的编号其中之一，要说和大华女朋友发生过什么故事，那就是一个微信号，一个电话号码，以及杰克几次勾搭人家都被拒斥的故事。

大华蹲在那儿欲哭无泪，脸色难看极了，估计肠子都悔青了。

"等这事过去，我陪你回去，解铃还须系铃人！"杰克拍了拍大华的肩膀。

"这事和你有啥关系！死一边去！"大华一挥手打掉杰克放在自己肩膀上的手，表情忽然变得特别忧伤，"算啦，这就是缘分。"

后来我听人说，杰克到底和大华从丽江回来了。他缠着大华赔了自己一把新吉他，新吉他到手的第一天，他非拉着大华去"微信艳遇编号008"家的楼下，杰克唱了好久的情歌，从小清新的王子嗓音一直唱成了重金属的撕裂音。

"微信艳遇编号008"最后终于和大华重归于好，大华把所有的愧疚换成了一枚钻戒戴在了她手上，把这些日子里所有思念都填满在一个长长的吻里。

那一幕忽然让人想起了《大话西游》结尾，当武士和姑娘拥吻在土城城头的时候，孙悟空一个人扛着金箍棒消失在夕阳里，武士和姑娘望着孙悟空的背影，是目送，是若有所思，还有不舍……

大华和杰克再一次各奔东西，杰克流浪惯了，谁也羁绊不住他。

大华则开始忙活和"微信艳遇编号008"结婚的事。

在机场送杰克走的时候，杰克说大华婚礼那天他一定回来唱首歌，歌名叫《你是我的小乌龟》。大华满机场追打杰克，并扬言以后见一次打一次。

如今，大华的婚期还没到，所以杰克还没回来，但是保不齐哪天两个人就又相逢了，多年前的"此生不复相见"瞬间化为兄弟间的肝胆相照。

我犯二,那是因为我在乎你

"老板,你家有韭菜馅的饺子吗?"

老板点头,道一声:"有哇。"

"那酸菜馅的呢?"

老板一挑大拇指:"老板,您可真有口福,我们家酸菜馅饺子最好吃了。"

"那牛肉馅的呢?"

"有有有,啥馅都有!"

"真的?啥馅都有?"

老板忽然警觉地抬起头:"有啊!"

"那你给我来碗饺子汤吧。"

老板转身一掀帘,进了后厨,大声嚷嚷了起来:"我擀面杖呢!小兔崽子你砸场子来了!你别跑,你等着!看我打不死你……"

这个场面引来了周围人的哈哈大笑,老板青着脸,拿着擀面杖哆哆嗦嗦。

但你别以为这是个笑话,这可是真事。

那奇葩食客是兔儿。你问我他为啥叫兔儿?这名字既不是说他可爱,也不代表他有多乖萌，完全来自英译音——two。

是的，就因为他习惯性犯二！

一说到兔儿犯二，就让我想起兔儿的一个朋友，他叫胖胖。

胖胖，典型富二代，认识个女朋友就要送人一辆车那种。他和兔儿在大学的时候就特别要好。

而兔儿是出了名的铁公鸡——哦不对，应该是铁公兔。

这两人，一个挥霍，一个寒酸，凑成对儿了。

所以大学四年下来，基本都是胖胖请吃饭，请打游戏，请泡妞追妹，然后兔儿在一旁陪着吃饭，陪着打游戏，陪着泡妞追妹。我们经常开玩笑说，大学四年，胖胖可谓是阅女无数，唯独对兔儿不离不弃，这完全是"真爱"呀！

可忽然有一段时间，胖胖失联了，就连兔儿也找不到他了。大家都以为胖胖又放荡不羁爱自由，不知道去哪儿"轻薄"人家无知少女去了，也都没放在心上，只当是少了一个移动的自助餐免单卡。

然而突然有一天，一个电话打到了兔儿的手机，当时兔儿正一边蹭着我家的WiFi，一边把我最后两包泡面扫荡清空，坐在沙发上美滋滋地喝面汤呢。

兔儿接通电话："老子以为你死了呢！……你小子动静大点，怎么说话一点底气都没有！"

通过这几句话，基本可以判断出，电话另一端应该就是消失了很久的胖胖。可没一会儿，兔儿的大笑渐渐褪去，表情严肃起来："你小子别吓唬我，这一点都不好玩！你快告诉我，你在哪儿？"兔儿的嘴角一点一点抽搐，紧接着是手，抖得连电话都拿不稳。

放下电话，兔儿完全变了一个人，傻呆呆地愣了好几分钟，然后转身就跑。

原来，胖胖消失的这段时间一直在住院，他被诊断出了白血病，已经开始接受化疗。

胖胖原来茂密蓬松的自来卷已经变成了光头，胖得像头小乳猪的身材如今却瘦成了狗。他见到兔儿的时候，身体显得十分虚弱，就连挤出一个干瘪微笑都特别吃力。

"你当我是什么！出这么大事你就打算一个人扛着吗？还当我是兄弟吗？"兔儿在病房里情绪激动，暴跳如雷，"是，我是没钱，也没什么妙手回春的药方，但是兄弟我能陪你啊！你吃喝拉撒，兄弟我伺候啊！"

胖胖眼泪从深深塌陷下去的眼眶里滚了出来，也许是身体太虚弱了，连眼泪都流得那么缓慢，那么艰辛。

"不帅了，怕你们笑话我。"胖胖声音特别小，手吃力地抬到头顶摸了摸自己的光头，然后挤出一个笑。

兔儿二话不说，一转身跑出了病房。

当兔儿再一次出现在大家面前的时候，顶着一个锃明瓦亮的大光头，一额头的抬头纹全露出来了，丑，又傻又丑。

朋友们都说，这大光头和兔儿身上独具的犯二气质特别搭。

可兔儿倒不以为意，他一边煲着汤，一边摸着自己贼亮的脑袋瓜说："搭不搭我不管，可我答应要陪胖胖度过这一遭，不能光说不做！"

大家看他一脸正经样就笑得更厉害了，指了指他的脑门问："瞧你，你以为这样就对胖胖病情有帮助啦？真二！"

兔儿一摸自己的大光头："有没有帮助我不知道，胖胖现在一看到我这大光头就哈哈笑，我想，笑一笑总也算是个好事吧。"

汤煲好了，兔儿拎着小保温壶往医院跑，他那天煲的是乳鸽枸杞汤，据说对白血病有食疗的功效。

你们能想象兔儿每天顶着大光头去抓乳鸽的样子吗？

乳鸽店老板笑得直不起腰，但如果他知道后来的乳鸽枸杞汤也没留住胖胖的命，估计也不会乐了。

胖胖的骨髓匹配试验做了一次又一次，可最终也没能成功。

离开的那天，他们两人顶着两个光亮亮的光头，抱着流泪。胖胖告诉兔儿："兔儿，二货，别哭了，下辈子咱接着做兄弟。"

兔儿那天哭成了傻子，见谁都要抱着哭一通，结果蹭了人家小护士一身鼻涕，这个二货，脸丢到家了。

兔儿这人，唯一像兔子的就是胆子，一米八的大个子，体重180斤，五大三粗，看上去孔武有力，可是胆子却成反比。

身边的朋友老是说，兔儿的胆子应该是和心眼儿一样，都被那一身脂肪给埋死了，所以没胆儿，没心眼儿。

想想，这么个魁梧的七尺汉子，却永远一副息事宁人的态度，简直屎到极点。

大学时兴占座，每次去阶梯教室上课，为了占到靠前一点的好位置，总会把教科书和笔记本放在空着的座位上。

有一次，大家用书和笔记本提前占好了座位，然后就都出去玩了，等回教室上课的时候才发现，书和笔记本早就被人远远扔到了阶梯教室的最后一排，再看抢了座位的那群人，呵，那叫一个嘚瑟，那叫一个嚣张！

大家当然气不过，商量着怎么"寻衅滋事"，然后满教室搜寻战斗武器。当一切都准备妥当，开始分配任务的时候，兔儿"光荣"地被委以重任，大家命他作为前锋先去找茬，一旦事态紧张，立刻归队，趁着对方欲动手之时,大家一哄而上,群起而攻之。

可万万没想到啊,兔儿不紧不慢走过去,非但没有寻衅成功,反而低声下气地要回了坐在人家屁股底下的随堂笔记本。兔儿回来倒是振振有词,一通说教,什么以和为贵,什么都是一个校区的低头不见抬头见,等等。

于是,一场前排争夺战,没开打就输了。

大家纷纷抱怨:"经过这次不战而败的战役,我们以后哪还能抬起头啊!"

尿兔儿,你怎么可以尿到这个地步呢?

可就这么一个又二又尿的兔儿,前几天听说进派出所了,罪名是故意伤害。大家下巴都掉了,不可能,完全不信。

就兔儿,借他两个胆儿也做不出这事来,派出所一定是搞错了。

可是当兔儿气喘吁吁跑回来把真相一五一十告诉大家的时候,大家才恍然大悟,大为感慨:兔儿,威武啊!

事情是这样的,海子是出了名的老实人,人本分,还顾家,特别是对女朋友,那真是百依百顺,绝对的好男人。他有一点和兔儿非常像,那就是胆儿太小,任何事都秉持着忍一忍就过去了的原则。

某天海子和女朋友在小饭馆吃饭,遇到了兔儿,寒暄了几句就说顺便一起吃饭吧。一般人都会推辞,可海子没摸明白兔儿的思维模式。

兔儿点了点头,欢天喜地地拉着海子进了饭馆。

这种蹭吃蹭喝的好事,兔儿最喜欢了,可海子的女朋友却气得直瞪眼,弄得海子特别尴尬。说实在的,就兔儿那大光头,少说也是个1000W的大灯泡,就这样在这对情侣中间一闪一闪的,别提多刺眼。

那天兔儿穿了一件新买的白色外套,好几百块呢,抠门兔儿惦记了一年,等到这款外套过季打折,才狠下心买了。

对此，兔儿宝贝得不行，吃饭的时候，恨不得拿个塑料袋裹紧自己，生怕各种汤汁溅到身上。

快吃完的时候，饭馆里来了四个痞子，一坐下就对着海子的女朋友吹口哨，外加各种污言秽语，不堪入耳。

胆小的海子心里憋屈，嘴上小声地嘟囔了几句，可他不敢多做什么，连正视都变得哆哆嗦嗦的，那些痞子更得寸进尺。

兔儿见势不妙，于是叫海子和女朋友走。可经过小地痞身边的时候，不知道谁在后面使出了咸猪手，海子女朋友脸腾地红了，眼泪都要掉下来了。

兔儿全看见了，他慢吞吞脱下了外套，递给海子。

海子愣了愣，接过衣服问："兔儿，你要干吗呀？"

"没事，你帮我抱着衣服，我怕一会儿把血喷上面了，这衣服好几百呢，我第一回穿，可舍不得呢！"刚说完，兔儿就一个箭步冲向那几个痞子，以一敌四，那场面，直逼好莱坞大片。

第二天，大家从派出所把兔儿保出来的时候，那张兔脸肿得像猪头一样，说话口齿都不清了："欺负我，行！欺负海子，不行！欺负海子的女朋友，我的嫂子，那可绝对、万万不行！"

大家在一旁调侃着："是嘛，这才符合你大光头的气质嘛！"

兔儿一战成名，摇身一变成了兔儿爷。

其实，不管是兔儿，还是升为了兔儿爷，面对"钱老爷"，兔儿依然抠门。

平时吃饭，从来看不到兔儿去算账，还总是去各家各户蹭吃蹭喝蹭WiFi。最要命的是，兔儿前段时间把自己的交通工具都给卖了，那辆跟了他将近十年的破捷达车，它能值几个钱啊。

别人卖车是为了买更高档的车，可兔儿卖了车后，每天跑三个街区，遇见哪个熟人就坐谁的顺风车，他说，这叫绿色出行。

大家怨声载道，有次讽刺兔儿："兔儿爷，您说您如今整个大光头，怎么看也是个暴发户级别的挥金如土吧？画风不对呀，抠门怎么还变本加厉了呢？"

兔儿一摸大光头，哈哈大笑："对呀，你们看看我这大光头，满脑袋写满答案啊。"

大家一时之间蒙了，谁也猜不出他的意思。

"一毛不拔呀！"兔儿笑得大声，这股二劲儿又来了！

后来为了整治兔儿的不良作风，一到饭点，大家就集体关门关机关WiFi，防火防盗防兔儿爷！于是就有了开头那一幕，兔儿竟然去饺子馆蹭饺子汤喝，这事也许世间没有第二个人能干得出来。

而婚礼上的吃喝就没办法了，也不知道兔儿出了份子钱没有，反正他穿了件不搭调的黑外套出现在了老咖的婚礼上。老咖过了而立之年，是个公司小职员，收入不高还是大龄剩男，好不容易找到女朋友，买了房，终于踏上了红地毯。

婚礼当天，有个环节是，新郎新娘找出他们最想感谢的人，当面鞠躬致谢。大家都本能地以为他们会走向自己的父母，可万万没想到，两个人竟然双双来到了兔儿的身边，老咖涕泪纵横，哭得声音颤抖。

什么情况啊！大家都傻眼了。

只有兔儿，摸着自己的大光头，一个劲儿地摆手："别，别这样，这些不算什么，你俩好好的就行！"

后来听老咖说，当初老咖要结婚买房，可看了看存款，连首付都筹不齐，眼看着婚期将近，钱的事都快把老咖逼疯了。兔儿知道后，什么话也没说，直接把这几年的存款都拿了出来借给老咖，还是不够，最后连跟了他十年的老捷达也卖了。

兔儿这肝胆相照、倾囊相助的情谊，让我们这些关门关机关WiFi的人无地自容，发誓以后以兔儿爷马首是瞻。

最后，婚礼司仪让兔儿送句祝福，兔儿摸了摸脑门，乐呵呵地说："那钱是我借给你们的啊，你们好好过日子，赚了钱还我啊！"

全场哄堂大笑。

人生就是一本故事书，而友情是其中浓墨重彩的一笔，有把酒言欢，当然也偶有剑拔弩张。

但你千万记住，友情随心，心最真切，藏不住也装不出，就像兔儿爷说的："我犯二，那是因为我在乎你！"

闺蜜，闺蜜，闺而甜蜜

那天晚上，临近午夜，瑜伽小姐一个人在酒吧喝闷酒，彼时她刚刚失恋，男朋友在三天内闪电劈腿，第三者原来是微信上认识的代购。

都说深情不及久伴，厚爱无须多言。

前几日微信上那些甜甜蜜蜜的山盟海誓，转眼如同一张空头支票，轻轻松松就斩断了瑜伽小姐辛苦经营了两年的感情。

瑜伽小姐越想越气，所以酒是越喝越凶，从小杯换成大杯。

同样的，瑜伽小姐的电话也不停歇，从轻微响一会儿到震天响，再后来电话铃声把全酒吧的人都吵烦了，瑜伽小姐还是不接，将电话狠狠挂断。

"小姐，男朋友电话响了好久，要不您就接一下？"

吧台小伙面露怯色，他一看就能猜到，这个不接电话还大口灌酒的女人大概是和男朋友吵架了。

瑜伽小姐知道，这挂断了无数次还能再打来的，要么想卖你保险，要么是想知道你是否安好……

她微微瞄了一眼来电显示，然后抓起电话一通喊："喂喂，你要干吗呀！你是我爸还是我妈？我是死是活，是好是坏，和你有半毛钱关系吗！"

打电话的人并不是她男朋友，而是房东太太娇嫂。半个小时后，娇嫂就"杀"到酒吧，坐到瑜伽小姐旁边，满脸是汗："你想喝酒是吧，我陪你喝！"

娇嫂一抬手，示意吧台小伙来一份烈酒。

吧台小伙当然摇头，他指了指娇嫂微微隆起的肚子，微笑着倒了一杯柠檬水："喝酒对宝宝不好哟！"没办法，人实在，哪怕少卖两杯酒钱。

可娇嫂何许人，一摆手推开柠檬水："不需要，又不是第一次怀孕，我心里有数！就要你家店最烈的，快点，我好迅速撂倒了背她回家！"

娇嫂说得没错，她这是第二胎了，老公和七岁的大女儿都在外地，只有自己一个人在家里养胎。

当初瑜伽小姐去租房子的时候，娇嫂其实也有自己的打算，毕竟自己是个孕妇，父母、老公又都不在身边，有个稳妥的单身女房客照应也挺好，顺便贴补家用。

娇嫂的条件就两点：保持安静和房租一次性结清。

但就这两点，瑜伽小姐可一点也没做到。

娇嫂刚见到瑜伽小姐的时候，多可人儿的一个妹子啊，落落大方。娇嫂说了她的两点要求，这姑娘闪着大眼睛满口答应。结果付完钱搬完家交完钥匙后，娇嫂所有幻想都破灭了，就连原先打算找个稳妥房客也成了妄想。

竹篮打水一场空，娇嫂别提有多后悔了。

先说保持安静。当时瑜伽小姐正在闹分手，她从男朋友微信里发现了劈腿这件事，盛怒之下，搬出了两人合租的公寓，来到了娇嫂这儿。

娇嫂问瑜伽小姐，是不是单身？

瑜伽小姐摇了摇头，又马上点了点头。

娇嫂不明其意，瑜伽小姐便实话实说。

她告诉娇嫂，自己刚分手，一时间还没习惯单身，就像刚截肢的人总出现幻肢一样。娇嫂觉得这小姑娘挺实在，又直接，是个好相处的主儿。

于是娇嫂又问瑜伽小姐，平时都做什么呀？

瑜伽小姐回答，上班工作，下班陪男友，一个人的时候，唯一爱好就是做做瑜伽，给男友打打毛衣。

嗯，不错！顿时好感度爆棚，娇嫂上下打量着这穿着素净的姑娘，心里暗暗想着，这生活虽不怎么丰富，但还算安静自在，还有个会手工活的本事，现在的独生子女会这些的算是少喽！只是这房租不能马上交付嘛，也不算什么，看这姑娘人实，也不像是拖账的人。说不定日后这姑娘房子租得久了，日子过得长了，俩人还能聚在一起织个毛衣解解闷……

娇嫂想着想着，就把自己的"房租一次性结清"的要求给划了去。

可令娇嫂始料未及的是，瑜伽小姐入住当晚，在房间里哭到下半夜，凄凄惨惨戚戚，特悲凉，哭得娇嫂后背直发凉，心头直哆嗦。

听着听着，娇嫂心里也越来越难受，她看着自己的大肚子，泪水开始在眼里打转。

娇嫂之所以一个人在家养胎，是因为她和老公在二胎问题上产生了很大分歧。娇嫂的第二个宝宝是意外怀孕，老公的意见是现在的经济状况还不是要二胎的时机，可娇嫂执意要将宝宝生下来。

是啊，母爱就是这样，就算牺牲全世界，和自己的孩子比起来还是那么无足轻重。

可这让夫妻关系一度紧张，娇嫂一气之下从外地回到家里安胎待产。

娇嫂家是南北卧室，娇嫂住南，瑜伽小姐在北。

这晚，瑜伽小姐悲戚的哭声，让两颗孤独的心不由自主地靠在了一起。她们挤在北卧室的小床上聊了一夜，娇嫂从她第一次牵手、第一次接吻、第一个女儿，说到如今夫妻关系别扭，肚子里还怀着这个小淘气；而瑜伽小姐也讲了她在为谁流泪，为谁断肠，讲了天长地久多可笑，贱男微信劈腿记。

这一夜，瑜伽小姐的眼睛和手就一直没有离开过电话。

虽然瑜伽小姐说了这么多，娇嫂还是猜到了她其实还在等着那个人，她还爱着他，她还不想承认他的劈腿出轨，她带着那么点飞蛾扑火的味道。握着手机的手指关节微微泛白，她知道自己愚不可及，可终究爱得执迷不悟。

所以当瑜伽小姐提出要去贱男公司找他问个究竟时，娇嫂真想一巴掌扇过去，可瞬间又心疼了。这个物欲至上的世界，所有情感都披着纯情的外衣却生长出现实的铁石心肠，而像瑜伽小姐这样表里如一的好姑娘已经不多见了。

娇嫂打算陪瑜伽小姐走上这最后一遭，她告诉瑜伽小姐，去见面是为了解心结，而不是坠苦海，瑜伽小姐只需要说再见，笑着说再见。至于要来的分手原因，真的没有任何意义，那只会徒生悲伤，自取其辱。

瑜伽小姐就像当初答应娇嫂保持安静、答应一次性付清房租那样，闪着大眼睛，肯定地点着头。

可是两句寒暄后，瑜伽小姐根本讲不出再见，更别说笑着说再见了。瑜伽小姐抱着前男友的腿在公司门口，她放下了所有自尊，摇尾乞怜，她哭得梨花带雨，各种哀求，围观人越来越多。

娇嫂早就料到瑜伽小姐就这点出息，她看尽了所有场景，气得硬拖走瑜伽小姐。这一路娇嫂乱发毒誓，说此生再也不管这丫头了，活该被甩。

可毒誓发完了，菜还得照样炒，日子还要往前看。

娇嫂每天都会留一份晚饭给瑜伽小姐，作为报答，瑜伽小姐每个傍晚都会拉着娇嫂去散步听歌聊八卦。晚上瑜伽小姐趴在娇嫂的肚子上，和宝宝一起听娇嫂讲故事，全是童话故事，没有那么多的哀伤，反而多了许多纯净天真，幸福满满。

在娇嫂看来，那些荷尔蒙所带来的爱情创伤，最有效的治疗办法就是用最本色的生活去化解：一碗粗茶，一匙淡饭。

眼看着瑜伽小姐的伤口正在一点点结痂，一切伤痛似乎只等待时间去愈合，可就在这节骨眼上，前男友出现了。

那天，前男友蹲守在娇嫂家楼下等瑜伽小姐回来，幸亏被娇嫂先发现。她的毒誓算是白发了，这破事她还得管，趁瑜伽小姐还没回来，当初想扇瑜伽小姐的那记耳光，运足了十二分气力，全部扇在了这个男人脸上。

这记耳光太响了，惹来围观无数，其中挤着一个娇小的身影，是瑜伽小姐。她的肩有点颤，眼泪流过红唇，红唇都失色了。

人群散去，瑜伽小姐却不知所踪。于是一整晚，娇嫂摸着肚子，打了一晚上电话，心里安抚着肚子里的孩子：哎哟，有辐射，宝宝你就坚持一下吧。

终于，电话接通了。

瑜伽小姐上来就是一通喊："喂喂，你要干吗呀！你是我爸还是我妈？我是死是活，是好是坏，和你有半毛钱关系吗！"

酒吧里，一个孕妇手捧烈酒，另一个苗条小姐也扬脖子猛灌。两人不停地碰杯，不停地碰出眼泪，别人看着都不敢上前，更不敢劝。

"我为这贱男练瑜伽，刚开始那几天，把我的老骨头都快掰断了。说什么练瑜伽可以练出丰乳肥臀……贱男！"瑜伽小姐和娇嫂一撞杯，干了。

"小丫头，你这酒品不高，倒挺能喝！"娇嫂说完，一抬手也干了。

"我还陪这贱男排队买新iPhone，你知道吗，那可是新iPhone上市！凌晨，大冬天，挤了多少人，冻得我挂了一个多星期的点滴！"瑜伽小姐继续一口一杯，"可我挂点滴，他却拿着新iPhone在狂刷微信！贱男！"

"我和你说啊，这酒可贵着呢，你慢点喝，因为这么一个贱男，一会儿喝吐了，多浪费！"娇嫂精打细算，今天也算破例，一抬手跟着又干了。

"关键是,关键是……"瑜伽小姐突然泣不成声。

"关键啥呀?你不会也有了?"娇嫂忽然有种不好的预感,她的手指轻轻扶了一下自己隆起的小腹。

"关键是我还给这贱男织毛衣!"瑜伽小姐"哇"一声,哭得那叫惊天动地。

娇嫂松了一口气,她抱过瑜伽小姐颤抖的双肩,一下一下轻柔地拍着瑜伽小姐的后背:"哎哟,不哭啦,那毛衣送了吗?"

瑜伽小姐摇着头:"还没等我织好,贱男就跟人家跑了。"

娇嫂继续拍:"没织完好,把毛线拆下来送我好不好?"

"都这时候了,你还不忘了占我便宜,真是丧心病狂!"瑜伽小姐在娇嫂的怀里抹眼泪,蹭鼻涕。也或许是酒劲上头,也许是娇嫂的怀里太温暖,瑜伽小姐蹭着蹭着就睡着了。

自从那晚以后,娇嫂和瑜伽小姐再也没去过酒吧,想必这说喝就喝的青春结束了,该直面未来,抛弃过去了吧。

等她们两个人再次光临酒吧的时候,娇嫂挺着肚子,这次她要了一杯柠檬水。她要走了,肚子一天比一天大,老公的心一天比一天提得高,所以赶紧要接回身边,小心伺候,等着预产期的到来。

这件事上瑜伽小姐功不可没。瑜伽小姐背着娇嫂往返两地好几次,只为解开一个结,让娇嫂阖家团圆,让小宝宝出生时能见到圆圆满满的一家人。

那晚在酒吧,瑜伽小姐答应娇嫂,等宝宝出生以后,送一份特别的礼物。

娇嫂一脸不屑:"要不你先把房租交了吧,我觉得你能结清房租就是给我最好的礼物了……"

"哎哟,娇嫂,你咋就掉钱眼儿里呢!你想想,自从你认识我以后,是不是有好多意外收获啊?"瑜伽小姐用肩头撞着娇嫂的肩头,挤眉弄眼。

娇嫂唉声叹气："意外倒是不少。"

"再想想，一定有收获，一定有啊！"其实，瑜伽小姐是等待娇嫂说出自己的名字。

娇嫂早就猜到了瑜伽小姐的小心思，装作恍然大悟："别说，还真……"

瑜伽小姐一脸期待。

"还真……没有！"娇嫂忍不住哈哈大笑，笑得爽朗。

"你讨厌！"瑜伽小姐气得直跺脚。

两个人嬉笑着离开了酒吧。

不久后，娇嫂回到丈夫身边待产了。

毛衣被瑜伽小姐拆掉了，她打算织一件新的毛衣。

她不是答应娇嫂吗，送宝宝一件特别的礼物。

拆掉一件爱情的烂尾毛衣，换来一件小巧精致的友情软猬甲，这一遭多值呀！

都说深情不及久伴，厚爱无须多言。

其实这话是对的，又是错的。有的人刚一认识就像失散多年后的重逢，难道这不算深情吗？也有些人在你身边不停地叮咛和唠叨，怕你一步错步步错，担心到自己寝食难安，难道这不算浓情厚谊吗？

命中注定我们会遇见一个人，她会担心你吃不饱穿不暖，她会因你的喜怒哀乐而变化心情，她会为你做太多的事但从来都不要什么回报……

她会对你深情，也会对你厚爱！

这个人叫作闺蜜。

闺蜜，一见如故，闺而甜蜜。

"土豪",我们做朋友吧

乖乖不是邻居家宠物狗的名字,她是我的师妹。

乖乖一毕业就进了老贾的广告工作室。老贾是个70后大叔,上有老下有小,据说还是雕塑系的高才生,只可惜曲高和寡,后来苦于生计,便创办了这个广告工作室。

老贾是处女座男人,做事极致,讲究完美。人家毕竟是雕塑系高才生,所以几年下来,工作室颇受业界肯定,几个重要的设计案子都完成了,还得了设计大奖。

当年的穷学生,几年后摇身成了"土豪",没错,就是那种土到掉渣的70后"土豪"大叔。你可以看到,就算再贵的西装,穿在老贾身上,也会有一种"江浙沪包邮"的淘宝爆款的感觉。

认识乖乖的人知道,乖乖一点不乖,是一刻不得闲的白羊座女生,做事冲动,可受伤了却像冰山一样冷酷得可怕。

想象一下,当粗线条白羊座撞上极品处女座,将会是怎样一场波澜壮阔的战况呢?

其实原来的乖乖特别上进,工作积极,待人热情,可最近乖乖意志消沉,见人也不喜欢说话,偶尔还会望着一个地方失神好久。刨根究底才知,乖乖最近失恋了，难过加每日每夜的自我折磨，生活过得日渐颓靡，于是天天想着怎么结束这场无所留恋的漂泊，回老家嫁人算了。

刚才在设计会上乖乖又溜号了，结果被老贾抓个正着，紧接着就是一顿暴风骤雨。

因为他在这次的设计策划书上发现，乖乖负责的那部分说明材料的标点符号是半角的！

是半角的！

你可以想象吗，全文一片全角逗号，突然出现两个小半角，像个小泥鳅扭在中间躲猫猫，这一瑕疵简直击中了老贾的要害！

或许在别人看来倒也不是什么大问题，也许在别的工作室或客户眼里可以忽略不计，可是在老贾这儿，就像是十恶不赦的大罪。

乖乖把会议笔记狠狠摔在会议桌上："老娘不伺候了！"

一推转椅，乖乖出门就噼里啪啦开始打辞职报告。这辞职报告写得慷慨激昂，细数老贾三大罪状，首当其冲，早餐霸王条款！

老贾的工作室有个特别"奇葩"的霸王条款，那就是早餐必须吃，而且一律来工作室吃。

很多人就会说，这不挺好吗，算是工作室福利吧。

福利啥呀！早饭钱得自己掏，老贾每个月都会从每个人的工资里提前扣除下个月的早餐费。看着这一顿顿可怜兮兮的早餐，摸摸真心不想吃的胃，还不可以扔掉，真是想想就心酸。

自己的血汗钱买的那么贵的早餐，谁舍得扔啊！

工作室会在每个礼拜五下午开一个"奇葩"的"早餐会"，和设计会一样严肃，必须全员到齐，风雨无阻。

而会议只有一项议程：下一周早餐安排。

老贾的这一规定引来无数非议，甚至有人猜测老贾和送餐公司的小妹有什么问题，要么就是和送餐公司的老板娘！

当老贾驳回乖乖的辞职时，乖乖彻底崩溃了，凭啥！

"我卖给你啦？还是欠你钱呀？怎么，想辞职还不行了！"乖乖大闹老贾办公室，几欲动手。

老贾轻飘飘的眼神，都不正眼瞧她："辞职可以，但必须忙完手上这单，这单的成功与否关乎下半年工作室的生死存亡，涉及工作室商业机密，你必须负责，万一因为你辞职出了问题，我就要一纸诉状告到你吐血！"

乖乖心里这个憋屈，叫苦不迭，怎么摊上这么一个老板，辞职还不让辞了。

乖乖心一横，在老贾工作室搞了一个乖乖版"非暴力不合作"运动：走着瞧，看谁先受不了。

乖乖连续一周迟到，早餐就是不吃，随意扣钱，这也是她的"非暴力不合作"运动之一。对抗老贾的路上，她越走越激昂。

再说老贾的第二大罪状："奇葩"的相亲派对。

在工作室，每个月都要定期搞相亲派对，你说人家单不单身、成不成双和他有什么关系，动不动就拉帮结伙地推销自己工作室员工。小情侣约出来一起吃个饭、唱个歌，他都要参加，往那儿一坐，弄得像家长定期视察一样。

更气人的是，他在微信里建了一个群，成一对就发俩红包给人家，美其名曰"鸳鸯包"。真是"土豪"，可是这么有钱你倒是也给单身的人发发啊——免谈！

所以自从乖乖和老贾铆上以后，这成了她的"非暴力不合作"运动第二大奇招：吃饭就不叫你，唱歌也不喊你，发个小视频眼馋死你，还领导工作室里所有单身人士集体对抗相亲派对。

老贾也是任性得很,反而更疯狂地给工作室小情侣发红包。

两个人各持一大阵营,死磕到底了!

第三大罪状:和客户拼完酒必须陪他吃面条。

喝得扭扭歪歪,还要半夜砸人家面馆门,一人一碗红汤面!

"非暴力不合作"运动开始后,有一次老贾带乖乖约客户吃饭,那晚老贾根本拦不住乖乖,以前客户是因为喝得不尽兴才生气,这次可倒好,乖乖把人家客户灌怒了,差点掀桌子。

后来是什么局面呢?老贾为了合同,竟然加入客户阵营,和乖乖火拼了,两人推杯换盏,小杯换大碗,那场景特别诡异,看呆了客户。

客户还是头一遭遇到这种工作室,看这形势,再拼下去肯定得有人驾鹤西游醉黄泉啊!

干脆吧,签!我花钱买你俩消停!

那晚乖乖开辟了一条前无古人的谈单之路,但是劝朋友们别效仿为好,典型的"杀敌一千,自损八百"。客户被送走时心惊胆战,老贾却握着合同,继续完成他的规定:拉着乖乖去吃面!

但是乖乖非要让老贾先陪她走一趟,然后再陪老贾去吃面,她还威胁老贾,不去就跳车!老贾一看,乖乖打开车窗,半个身子都要探出车了,马上答应。结果乖乖是想吐,车子飞快地行驶在快速干道上,乖乖吐了老贾一车身。

车子在乖乖的指引下,开到了乖乖家。她拍了拍快睡着的老贾:"走!和我上楼。"

老贾立马清醒了,一甩手缩在车里不动:"我可是有家的男人,你个小丫头片子，不学好……"

乖乖差点被气死："你想啥呢！帮我搬东西去！"

整整一大纸盒箱，两个人累了一头汗才抬进车里。车子继续开，老贾好奇，在那儿翻，里面全是乖乖和前男友的"遗物"——合影相框啊，情侣杯呀，一应俱全，看来曾经也是情深意笃啊。

车子开到了惠工广场的幸福银座A，四十多层的高楼，3301的灯是亮着的。乖乖仰着头看，那里曾经是她的甜蜜窝，要多暖就有多暖。

如今灯依旧是暖黄色的，只是乖乖成了楼下的看客。越看心越堵，乖乖回头对老贾喊："你说他凭什么分手了还给我打电话，凭什么当初把我赶出去，凭什么让别的女人住银座A！劈腿劈得理直气壮，凭什么非要住在我每天上下班必须经过的路上！凭什么！"

乖乖泪雨滂沱，哭得口齿不清。

老贾也抬头看3301，点上一根烟："你就这么点能耐，这几年怎么跟我混的。走，和我上楼。"

乖乖这时候反而怵了。老贾扔给代驾司机200块钱，让他帮忙把箱子扛上了3301。

老贾砸开门，乖乖前男友认识老贾，和乖乖约会时也被老贾这个"大灯泡"晃过。他本想把老贾让进屋，没想到老贾从纸盒箱里拿出东西就往前男友身上砸："你小子真浑蛋，再惹乖乖试试！"

前男友被砸得满屋跑，老贾打着酒嗝满屋追。

"这个礼拜我就撤，你这个破公司，我待不下去了！"乖乖蹲在楼下哇哇哭。

老贾特深情诚恳地看着乖乖说："你别走啊，我想好了，赶明儿我工作室就开个分公司，就开在3302，你做分公司老板好不好？乖总？"

乖乖头发都快竖起来了，应该就是人们说的"怒发冲冠"吧，推了一把老贾："你真变态，要往死虐老娘，有意思吗？"

老贾不理乖乖，一边上车一边对乖乖说："真正的战士，是敢于面对惨淡的人生，你连这点都做不到，还有什么资格继续跟我玩'非暴力不合作'。上车，吃面去！"

两碗热气蒸腾的红汤面端上来，老贾吃得那叫一个豪放响亮。吃饱后看着一筷子不动的乖乖，把钱包往乖乖面前一拍："吃一口一百块钱，吃不吃？"

富贵不能淫，贫贱不能移！

乖乖果断夹起一口面条吃下去，然后对老贾翻了个白眼，顺便从他钱包里掏一百放进自己口袋，补上一句："喝口汤也得给一百！"

老贾倒吸口凉气，抓起钱包就往外跑。

乖乖冷笑："假'土豪'，就那么点能耐……"

老贾回过头和面馆老板说："你帮我数着她吃几口，我去ATM机取钱！小丫头片子，治不了你了！"说完，一溜烟跑了。

面馆里就剩下面馆老板和乖乖，面馆老板差点笑岔了气。

其实，老贾工作室的三大"奇葩"规章，是有由来的。

老贾刚开工作室的时候，第一个员工叫小西，是个刚毕业的小男生，外地人，特勤快，还能吃苦，老贾领着他风里来雨里去。那时候事业刚起步，什么条件都没有，所以什么问题摆在工作室面前都是关乎生死的大事，小到水电物业，大到每一单设计预算。

那些日子里，小西跟老贾没日没夜地忙，三餐不定时，什么时候想起来什么时候吃，哪还有工夫坐下来慢慢研究吃什么，早餐就更别说了，从来没有这概念。

小西和老贾陪客户喝酒谈生意,完事后来面馆醒酒,小西说得最多的就是,等以后条件好了,钱足了,就找个体贴的女朋友,好好爱人家,不图别的,就为了早上能有口热乎早饭,晚上喝多了回家有人给下一碗面,暖暖胃。

可是,谁也没想到,还没等到有人给暖胃,小西就病了,胃癌,检查出来的时候已经晚了。

小西临走的前一个礼拜,非让老贾带他来一次面馆。当时小西瘦成枯骨,坐在位子上不久就撑不住了,他将身体靠在椅背上,和老贾一人点了一碗面。可是小西身体差,吃不下,于是他就看着老贾吃:"老大,面条养胃,鸡蛋营养高,喝完酒记得吃碗面。"

第一次,老贾哭了,哭了一面碗的眼泪和鼻涕。

从那时起,老贾工作室就定下规矩:早餐必须吃。后来工作室人多了,也有钱了,吃早餐这事却一直沿袭下来,成了工作室首例"奇葩"规章。

老贾总说,这个世界已经给太多无牵挂找了理由,像是活着洒脱自在,等等。可如果当初小西有个牵挂,也许就不会那么拼命了;如果不那么拼命,也许慢慢会找到自己的牵挂。但是一切都晚了。

他了无牵挂地来到这世界,背着了无牵挂的自嘲拼命,最后离开这个世界时却带着无数牵挂遗憾——都是对父母的愧疚和来生再报。如果在远离家乡拼搏的日子里,身边有个名叫爱情的牵挂和照顾,一切就会不一样了吧。

所以,老贾的相亲派对必须搞,成全有情人。

至于吃面,就算下半夜,就算酒喝得太多,也要吃一碗暖暖胃,要是实在找不到面店,自己下碗泡面也是不错的。

我们很多时候都会问彼此，老板和员工之间会有友情吗？

在看上去虚情假意的人情冷暖里，别一棒子打死所有人，因为不是所有"土豪"都为富不仁。乖乖的老板是"土豪"，但是土得可爱，土得豪情万丈。

无论你我是什么职业，如论工作上我们是否是雇佣关系，我们都可以把友情过得圆满。但请千万记得，朋友，是别把工作中的雇佣关系扯进生活。

朋友，是坦诚相待的真心，它没有赤裸裸的资本积累，也没有反剥削的不合作角逐，只有两肋插刀，只有多抱一下，多暖一秒。

后来，乖乖再也没离开工作室，她指着老贾的鼻子说："你欠我无数个礼拜的早餐和好多鸳鸯红包，还有幸福银座A的分公司老板，如果以后你不叫我乖总，你就死定了！"

生命里，那些和你唱反调的朋友

每次喝酒，章鱼都和大家唱反调，特别是和雪哥。

大伙儿觉得是因为高中那会儿雪哥抢了人家初恋，可雪哥当然不服："初恋不懂爱情，我是救了他，你们懂什么！"

那会儿，章鱼对班上一个叫小红的女生很来电，那段时间变身散文家、诗人、歌词摘抄达人，天天往小红的文具袋里塞纸条。

功夫不负有心人，终于有一天，小红的老爸打到学校，把这事捅到了校长那儿。校长是女的，刚迈过四十，正励精图治，一路高歌猛进，哪容得下章鱼这颗"眼屎"。

课间操时间，当着全校师生的面，章鱼被校长一顿狠批。校长的嘴太厉害了，让章鱼开始质疑自己的人生，不对，应该是质疑自己还是不是人这个物种。

总之，章鱼彻底尿了，这场突如其来的浩劫对于他刚刚萌发的爱情春芽来说是毁灭性打击，以至于让章鱼以后的爱情路都步步艰辛，每次不弄个头破血流就好像对不起当年校长课间操时那一顿劈头盖脸的训斥。

大伙儿对章鱼说，其实当时他的策略就不对，人家小红一个学霸，他老是弄张破字条瞎煽情，到底是穷、酸、腐哪套？

正所谓窈窕淑女，君子好逑，求之不得，那是你不会投其所好！

而雪哥绝对是情场小白龙。

他花了二十块钱在盗版书摊老板那里弄来一堆高考通题王、黄冈传奇，然后在里面挖最扼杀脑细胞的难题，找小红传道授业解惑去。当然，这些题，雪哥在拿给小红之前已求教各方业师得到了圆满答案。

要不说人家小红是学霸呢，就是有不服输的劲头，悬梁刺股地演算。

这时，雪哥就会见缝插针地来个"灵光一现"："小红同学，你看这地方可不可以换个思路这样解？"

小红停顿，思索片刻，然后会心一笑。

这样一来二去，小红恋上了雪哥的高考通题王、黄冈传奇，顺道就恋上了雪哥的夸赞和鼓励，最后恋上了雪哥……

很多年后，雪哥在机场遇见了小红，交谈下来，小红竟是无尽慨叹，说当初雪哥倚在她家单元门口说的那句"真正的自己永远属于远方"，真是太酷了！而那句话还一直激励着她。

雪哥尴尬地笑着，那时候他看上了隔壁班的长腿女生，不过给分手想个理由罢了……

后来，他们在机场分道扬镳，雪哥回东北，转三个小时的客车回镇上，窝在家里继续绞尽脑汁做苦哈哈的小编剧；而小红去温哥华，有个将近1亿的项目在等她去拍板。

这人生境遇忽然让他想起老爸说的那句：别比，人比人得死，货比货得扔。

这话说得真对。所以想死的时候大家就去嘲笑一下章鱼，马上就豁然开朗了。

不过雪哥最近比章鱼还惨，今天这场饭局，来的人基本都是来观摩他如何潦倒的。大家都知道他最近特别惨，信用卡被刷爆，没稿费拿，没东西写，没女朋友抱。

落魄潦倒之源就在这儿了。前不久他的女朋友阿娇刷爆了雪哥所有的信用卡。为了陪她疯，雪哥都三个月没动笔写东西了，坐吃山空，等他意识到问题严重性的时候，再拿起笔都提笔忘字了。在他江郎才尽，弹尽粮绝的那一刻，女朋友阿娇果断找个理由逃之夭夭。

所以，在席间，无论雪哥说什么，大家都是一脸微笑地点头赞同，看得雪哥真想一人一个大嘴巴子。

不对啊，雪哥开始在人群里搜索，今天怎么缺少了一个和大家唱反调的声音呢？

"章鱼呢？"雪哥问。

大家脸上的笑瞬间像一场业余舞台剧的幕布，哗啦一下全垂下来了。

雪哥和阿娇交往的三个月里，前两个月都是秘密交往，谁也没介绍给各自的朋友圈，直到第三个月他们对外公布了甜蜜照。可没想到，他们晒出恋爱照片的第二天，章鱼就去找阿娇了，第一句话就是："你们不能在一起！"

那天以后，章鱼成了阿娇的跟屁虫，天天跟在人家姑娘后面，倒是没什么过分举动，顶多是人家去哪儿他跟到哪儿，没事接阿娇下班，阿娇干什么他都不干涉，就是不让阿娇去找雪哥，一靠近保证给拖走。

"欺人太甚了！你们怎么不早告诉我！还有阿娇，她怎么不告诉我呢！"雪哥气极了。在座的人彼此对看一眼，都在无奈地摇头苦笑。

人家能找你吗？后来很多人都看见章鱼天天送阿娇上下班，寸步不离，再后来阿娇也不那么排斥了，两个人从一前一后变成了肩并肩。

雪哥摇摇头,眼神飘向窗外,眼圈泛红,但是牙却咬得咯吱作响。

或许这是报应吧,想当年雪哥抢了人家章鱼初恋,现在循环了。

"吃饱了,今天这菜真难吃!"雪哥起身就走,也不擦擦脸上刚掉下的泪。

雪哥这一走,大半年都不见人,听说他励精图治,把所有信用卡都还了,又进了一个新剧组,写剧本,年底开拍。我们都为他感到高兴,看来雪哥终于步入正轨,一段不适合自己的恋情差点毁掉了他的人生。

章鱼呢?鬼知道他过得怎么样,因为大伙儿达成一致,谁也不去找章鱼,就此屏蔽此人。有几次他主动约我们,我们也找个理由弹回去。平时唱唱反调,大家都觉得没什么,可这事一发生,就果断划清界限,各走一边。

可是,这事还真没就这么结束,我们再接到雪哥电话的时候,雪哥正和章鱼把酒言欢,好得跟一个人似的。

大家伙当时就傻眼了,这事怎么可能发生在雪哥身上,他是那么一个爱憎分明的人啊!

确实如此,所以那天他在一家小咖啡馆写东西,当看见章鱼和前女友阿娇一起走进来的时候,他的恨随着血液灌入进拳头,骑在章鱼身上一通猛揍。

等章鱼回过神来,也不示弱,一翻身压倒雪哥反击。

这让雪哥颇为意外,你一个第三者插足,哪来的底气还手呢?剧情不应该这么进行吧?

剧情还真不是这样的,就在章鱼和雪哥厮打在一起的时候,身边的阿娇急得都快哭了,一个劲地喊:"哥!你别打了,哥!"

哥?雪哥?很显然不是,她是在喊章鱼。雪哥停了手,也是真没劲了,一屁股瘫在了地上。

"你叫他什么?"雪哥指着章鱼问阿娇。

阿娇狠狠地白了雪哥一眼,那眼神杀气腾腾:"哥!他是我哥!"

阿娇蹲在章鱼面前看伤势。

"你们俩够了,这么肉麻!"雪哥实在没力气了,倚在那儿喊。

"看来当初我表哥让我离开你还真是对了,野蛮人!"阿娇也朝雪哥喊。

表哥?雪哥觉得自己真的要疯了,人物关系有点乱,自己一时半会儿理不清头绪。

当我们到酒馆的时候,两人的舌头已经喝大了,抱在一起,兄弟长兄弟短的,跟歃血为盟了一样。一时间也问不清楚,最后只好问阿娇。

其实很简单,原来章鱼真的是阿娇的表哥。阿娇的父母都在国外,阿娇刚回来,在这座城市也没什么投靠,所以姑妈就打电话给章鱼,让章鱼平时多照顾阿娇。

章鱼了解表妹,以前在父母身边花钱大手大脚惯了,基本没什么理财观,人以群分,章鱼知道阿娇更适合结交什么样的朋友,所以也没往自己的朋友圈里介绍。

他万万没想到是,雪哥竟然和阿娇成了情侣。他知道阿娇交了男朋友,也知道雪哥日子越过越紧巴,可是从来没有把这两件事联系在一起。

所以,当章鱼看见雪哥发出的照片之后,他第一时间就去找表妹,见面就是那一声惊世骇俗、掷地有声的命令:"你们不能在一起!"

所有人都说"宁拆十座庙,不毁一桩婚",可是如果是两个不合适的人在一起,这段姻缘就是一份毒药,早晚杀死一个人,或者毁掉两个人。生活和现实是最好的老师,只是好多人都不承认。他们更幻想或者留恋于爱情的甜蜜,却刻意忘记或闭口不提这甜蜜的代价和副作用。

章鱼没有去找雪哥，他太了解雪哥了，死要面子活受罪的那种人。所以你看，那天雪哥都那么憋屈了，依旧装成没事人一样吃光肘子。

他也不让表妹告诉雪哥分手的真正原因，还是因为雪哥这人自尊心太强了，这种分手理由，雪哥真的会极端到挣钱不要命。

所以，章鱼用了这么笨的一个办法，拆了雪哥的台，结果误会产生了。章鱼倒是不在乎，反正和大家唱反调都唱习惯了，可大家伙儿却都被糊弄进去了。

再后来，大伙儿又都和好如初了，每次聚在一起喝酒，章鱼依旧是那个喜欢唱反调的人，还是这一群人里活得最惨的，可是大家却对他的真心心知肚明。

有些朋友，他们在生活里总是和你唱反调，你说夕阳最美能醉心，他们却偏偏说只是近黄昏；你说我不想活了，是认真的，他们偏偏要说算了吧，人生如戏，全靠演技，在这儿扮哪门子忧郁王子，拼什么悲情影帝。

你说这样的人气不气人？

其实，唱反调和负能量是有很大区别的，最本质的一点就是，一个说出来是为你好，一个只是想说出来让自己舒服点。

所以，我亲爱的朋友，如果你身边有一个像章鱼这样总和你唱反调的朋友，请你多多珍惜，因为真朋友，才敢和你唱反调，不管你爱不爱听，也不管你拿不拿他当朋友。

第五章

爱情是随缘,但不是不努力

命运多舛,情感在世道浮沉中难以自拔。
如果你遇到一个人,傻傻地真心对你,傻傻地不管不顾距离,
傻傻地只知天涯各地都陪你,千万别离开他。

爱情是随缘,但不是不努力。

我真想一不小心，与你共赴终老

等我老了，就住在一个人不多的镇上，"面朝大海，春暖花开"太夸张，我只需要房前栽花、屋后种菜，没有手机，没有WiFi，自己动手做饭，养一条大狗，每天骑车、散步，不打扰别人，也不希望被别人打扰。

一茶一饭，一粥一菜，与一人相守。

我想，这就是所谓的天荒地老。

美丽和我的想法一样，前几天她给老忠定下了这个约定——到了暮年，就镇上种菜，过清心寡欲却自在安逸的晚年。当时他们正在和面，准备包饺子。

老忠听了，停下手里的活儿问："那……要不要告诉儿子啊？"

美丽白了一眼老忠，笑着答："告诉他干吗，这是我们的约会，与他无关。"

老忠一听也乐了："好，一言为定！"说完继续铆足了劲儿揉面。美丽最爱吃有嚼头的饺子皮，老忠不缺力气，每次都把面揉得特别筋道。

在老忠和美丽的家里，有一张一直放在书架最醒目位置上的黑白照片。照片拍于1981年，当时老忠还是大忠，身材魁梧，头发茂密，他牵着美丽的手走在雪里。不是有这么一句话吗,下雪天最合适和喜欢的人牵手漫步了,因为走着走着,你们就白了头。

1981年,美丽二十三岁。

那时,美丽的太姥姥常和家里人叨叨:"三姑娘美丽,到年纪该嫁人啦,得找个可靠的老实人托付终身……"

三姑娘正坐在太姥姥身边织着毛衣,红着脸摇头,那一条又黑又粗的及腰大辫子,真的很美丽。

那时候太姥姥总说,别看美丽平时性格开朗心地善良,其实骨子里犟得很,认准的事谁也拗不过,所以一定得找个脾气好的男人,能时时刻刻让着她,踏踏实实过日子。

1981年,二十五岁的大忠被分配到国营砖厂做窑工,住在工厂的职工宿舍,他特别能干,就是远离了父母兄弟,三餐飘忽。

你会看见,他总是不定时去休息区吃上一口自己带的小碎饼干。

大忠平时话不多,但心肠热,工友家有个大事小情,他都愿意伸把手。那个年代就那样,做什么好事不用晒微博、微信,全晒在心里,自己暖和自己。

美丽大哥阿发和大忠是一个工厂的,那天大忠去阿发家帮忙,凑巧看见了美丽的背影,那一抹神秘的背影给大忠留下印象最深的就是那条齐腰的大辫子。

那时,美丽正背对着大忠在织毛衣。

曾经有人说,一个男人的目光在一个女人身上停留超过半分钟,就证明这个男人心动了。大忠那一下午,总是时不时看向背对着他织毛衣的大辫子姑娘。

美丽,真美丽呀。

而大忠给美丽留下的印象就是能吃，一个人能吃掉整整一盘饺子。

大忠话不多，人实在，太姥姥问什么就说什么，太姥姥夸他他就笑，真憨厚。

美丽在一旁看着，憋不住笑，别说，大忠浓眉大眼络腮胡，长得还挺帅。

美丽这一笑，把大忠给笑脸红了，放下筷子不敢夹了。

太姥姥问："欸，大忠，这是怎么了？"

大忠盯着盘子里的饺子咽口水，嘴上却说："饱了。"

但太姥姥可什么都看在眼里，所以临走的时候，太姥姥特意打包了饺子让大忠带回去。大忠死活不拿，推让了半天，后来实在没办法，接了这一大包饺子，却在下一秒，硬塞进了美丽的手里。

美丽愣在那儿，一时无措。

大忠说："你都没吃，给你吃。"说完，脸都红了。

美丽的脸也跟着红成了小番茄，身旁的太姥姥点着头抿嘴乐："这小伙子还真挺不错。"

大忠都走出了老远，听见有人在喊他，回头一看是美丽。美丽把饺子装到饭盒里又给大忠送了过来，她告诉大忠，明天洗好了饭盒，送到她工作的加工厂。

大忠一拍脑袋，一口答应了下来："一言为定。"

回到职工宿舍后，大忠终于明白了什么叫"窈窕淑女"，他有点"寤寐思服"了。

第二天一下班，大忠就跑回宿舍，昨晚那盒水饺大忠还没来得及吃，其实他是舍不得，但一想到可以见到美丽，大忠三口两口就吃完了水饺。然后开始忙活，又是洗头又是刮胡子又是洗饭盒的，折腾了好久，还换上了他洗得最干净的衬衫，整个人又精神又帅气。大忠衣服兜里揣着攒下来的饭票，打算请美丽去食堂，请美丽吃好吃的，顺便谢谢她太姥姥的饺子。

到加工厂天已经黑了，加工厂早就下班了，美丽正站在工厂门口等大忠。

美丽的手里又多了一个铁饭盒，她把自己手里的铁饭盒塞给大忠，再把大忠手里的饭盒拿了回来："以后来晚了，就不给你留饭了。快送我回家。"

大忠拍着后脑勺，红着脸傻笑，送美丽回家。

从那天起，大忠天天去加工厂接美丽，然后送美丽回家，风雨无阻。

一天傍晚，大忠照常与美丽步行回家，但这回对于大忠来说却意义非凡。在路上，美丽送给大忠一条自己亲手织的白色围脖，美丽说，等自己结婚的时候，新郎一定要穿自己亲手织的毛衣，这才幸福，这才有意义。

红色鸡心领，里面搭配一件白色衬衫。美丽羞着脸，大忠穿着一定很好看。

美丽红着脸问大忠："我结婚，你来吗？"

大忠不说话，那一路，他变成了哑巴。

后来，大忠送美丽到了家门口，他的嘴特笨，句子憋在嘴里，憋得脸红脖粗，美丽看在眼里，那一副想说又不知道该不该说的表情特别逗。

大忠说："我来！"

"来什么？"美丽抬头，装作听不懂的样子。

"你结婚，我来。"大忠回。

美丽见大忠没领会到自己的意思，低声"哦"了一句，有些失落地转身。

谁知大忠马上叫住美丽："欸，三姑娘，我想穿那件鸡心领毛衣去，明天我就去买白衬衫。"

这是大忠第一次说这么多话,还挺俏皮。

美丽笑起来真美丽,她抬起了头,双瞳剪水,明艳动人,朝大忠说了声:"好呀!"

就这样,两个人眉来眼去,你侬我侬,这感情好得温度每天都噌噌往上涨。可谁知,就在美丽和大忠的婚事终于提上了日程时,大忠出事了。

一块角铁被机械履带卷进去,飞了出来,像子弹一样砸中大忠的额头。大忠的骨头被砸塌了,还好抢救及时,命是保住了,但是额头却塌陷下去一个乒乓球大小的坑,极丑无比。

从那天起,大忠躲着不见美丽,他自卑,他觉得无颜面对。

太姥姥也摇头叹气:"唉,三姑娘,这人之前挺好,但这次出了这事,以后就干不得重活了,还得天天吃药片,那肯定脾气也不能大好了,你们的婚事,还好没办,就这样算了吧……"

可美丽听完,扭着头,一万个不干。

分手理由千千万,偏偏这个不能当理由,寒了人心,还丢了自己的脸。

美丽天天跑医院,似乎大忠和太姥姥的意思一样,对这段感情"冷冻"处理:美丽倒水大忠不喝,美丽说话大忠不理。

后来美丽终于爆发了,她指着大忠的鼻子说:"你出院我们就结婚!

"娶不娶?"美丽把织好的红毛衣扔在大忠脸上。

大忠没有拿下来,应该说,大忠不敢拿下来。红毛衣捂着他的脸,却让我们看见他的身体颤抖,胸膛一起一伏……

大忠哭了,这么美丽的美丽不嫌弃伤疤,不介意丑陋,她是真爱他,她是真的想和他过日子,所以日后他一定要给她幸福。

医生告诉美丽,大忠已经没有生命危险了,只是头上有个坑,不好看,如果想美观一点,就得用金属垫起来,但是以后会产生什么样的副作用目前还不得知。美丽听完,当着大忠的面猛摇头。

"为什么呀?"大夫问了大忠心里想问的。

"干吗要那么帅,再被别人抢了去。"美丽说着脸发烫,红扑扑地害起羞来。

大忠听完,乐呵呵地在那儿傻笑,笑得可甜了。

大忠出院后不能再去砖厂上班了,从此开始休工伤,术后留下了后遗症——头疼病,如影随形,止疼片一把一把地吃。

1982年,大忠和美丽终于结婚了。

但大忠没有钱,连个新房都没有,而美丽家原本就不同意他们的婚事,所以大忠只好靠自己去想办法。好不容易争取到了单人间的职工宿舍,于是,一对新人就在这窄小的职工宿舍里把婚结了。

新婚礼物是一床被,一个红脸盆,还有一面镜子,上面还用红油漆写着祝福的话。

职工宿舍熄灯早,屋子里黑漆漆的。美丽和大忠说,以后咱们一定要有自己的家,不管有多大,暖暖和和的就行,到时候想开灯到几点,就能到几点。

大忠点着头,看着黑漆漆的天花板说:"一言为定。"

1984年,有两件重要的事发生,一是美丽生娃,二是大忠下海。

结婚两年后,美丽有了宝宝,一边在加工厂上班,一边等待着宝宝的降临。大忠为了早日从职工宿舍搬出来,拥有一个真正属于自己的家,开始学着和别人去做生意,经常凌晨三点多起床,穿过一条河,在河对岸的火车站坐火车去50多公里外的地方批发豆腐皮回来卖。

为了让美丽多休息,大忠从来都不让美丽起来给他准备早饭,对于大忠来说，早饭不是必备的，但止疼片倒必须要随身携带。

脑外伤的后遗症不知道什么时候就会犯，有的时候没水服药就硬吞。一路辛苦与颠沛只为了一个约定，早日给美丽一个家，地方不用太大，温暖就行。

有一次，美丽非要陪大忠一起去进豆皮。春天河水涨过了石头垒的小道，得蹚河过去。

初春的黎明，天边正泛着鱼肚白，河边尚未消融的清雪也泛着晶莹的白。大忠卷起裤腿光着脚踩在冰冷刺骨的河水里，后背驮着美丽。美丽在大忠的后背上默不作声，她听着河水哗哗流淌过大忠的双腿，就像流淌进自己心里一样，寒冰刺骨却又有一丝暖暖的春风拂过心头。

过了河，美丽把大忠的脚放在怀里，一边搓一边哈气。大忠坐在那儿傻笑，反倒是美丽一脸紧张：“别笑！这要是冻坏了，年年都得犯，真是个傻忠啊！"

其实豆腐皮的生意不好做，早出晚归风餐露宿，却怎么也挣不来房子钱。大冬天宿舍里特别冷，宝宝的耳朵上和脸上都长了冻疮，大忠打开电饭锅，烧到温度刚好给宝宝取暖用，凉了再烧。日子就这么苦苦地跟着宝宝一起往前爬。

单位终于给大忠和美丽发了一套职工房，三十几平方米的小平房，有个小院落。美丽特别高兴，搬到新家的那晚，美丽开着灯到了半夜，也不睡觉。

她一次一次摇醒累了一天的大忠，给他看自己画的设计图，前院有花，后院有草，还有一条叫"站住"的狗。

大忠睡眼惺忪：“为什么以后的大狗要叫'站住'呢？"

美丽说:"因为以前养的狗都活不长,希望这条狗能站住呀。"

大忠点着头:"一言为定。"

第二天,大忠抱回了一条德国牧羊犬,两个月大。

后来儿子长大了点,他问大忠:"这狗叫什么名字呀?"

大忠说:"叫站住。"

就这样,这条叫"站住"的狗养了好久好久,一直老到真的站不住了,才离开这家人。"站住"得过一场很重的软骨病,大忠大夏天抱着那么重的德国牧羊犬跑了几公里的路,才在兽医站救过来。

其实,大忠那年身体一点都不好,常年吃止痛药,肠胃都吃坏了,"站住"是救过来了,大忠却病倒了。

美丽在医院骂大忠:"你傻呀,为了一条狗,值吗?"

大忠告诉美丽:"它叫'站住'呀,得站住,我和你说了一言为定,就不能爽约⋯⋯"

美丽背过大忠抹眼泪,她想起了自己那晚的那句话:因为以前养的狗都活不长,希望这条狗能站住。

这次大忠又住院了,美丽每天捧着小饭盒煲汤做面食。她和大忠约好了,等这次出院,两个人不卖豆腐皮了,起早贪黑还累坏了大忠,去卖熟食,这样就不会饿坏肠胃,还有肉吃,多好。

大忠一边喝着汤一边点头说:"一言为定。"

其实美丽做饭不好吃,儿子一听老妈要下厨就嫌弃。

大忠在美丽的烹饪里总是能准确地发现她又把糖当成盐放进菜里了,还有各种古怪搭配的"黑暗料理"。

大忠嘴上和儿子"同仇敌忾",可每次都大快朵颐,吃得开心,从没剩过。

所以大部分时间都是大忠做饭，美丽吃得香，大忠就不嫌麻烦，不嫌累。

上周美丽打电话和我说，她爱上了养花，每天起床第一件事就是去浇花，修剪枝叶。而老忠每早都会去小早市买早点回来，美丽每次打开热豆浆，它总是暖暖地开着最美的雾花。

老两口最近的约定就是，要来一场说走就走的旅程，连冲锋服都买好了。

真正的爱，没那么多波澜壮阔，它仅仅是每一个简单约定中实现的快乐。

如今，赴约这事被太多人挂在嘴边，海誓山盟，与君难绝，但他们都是逻辑学白痴。把海誓山盟说给不同的人，即便是感天动地，又如何？

约定最可贵的先决条件，是一生只对一人说。

人这辈子，有好多东西都不经用。

钱花着花着就囊中羞涩了，时间走着走着就时日无多了，可唯有爱你的力量，怎么也用不完。

没事，只要我还有力气，就能让你吃饱穿暖。

且与你，共赴一世之约。

谢谢你的一路风尘，只因爱情

2003年，在遥远的印象中，是绿皮火车上旅客最少的一年。那时的遥远还在上大学，他对绿皮火车有说不出的反感，泡面，抠脚大汉，呛得能烧枯泪腺的煤烟味。幸亏还没有极具特色的"山寨"手机，不然绿皮车所带给遥远的心理阴影将不可估量，不堪设想。

2003年绿皮火车的客流量之所以陡然减少，一个直接原因是那一年从南到北正在经历一场可怕的疫情，它叫非典，这让好多人谈之色变，不堪回首。

所以当艾云戴着一款巨大的口罩出现在遥远面前，并且对遥远说，想和他坐绿皮车去贵阳的时候，遥远兴奋地背起艾云，一路跑去车站买车票。

艾云摇晃着手里的大口罩给遥远戴上，她告诉遥远，有大口罩就不怕非典，有遥远在，染上非典也不怕。

我曾经分别问过遥远和艾云，为什么选择坐绿皮车去贵阳旅行呢？

遥远给我的答案是，因为一本恐怖小说，里面的男女主人公一路逃亡去贵阳，遥远读着惊悚，可回味里却是满满的爱情，至死方休。

而艾云告诉我的原因就一句话，很简单："因为遥远去贵阳，我就会去。"

多简单的一句话，却听得我热泪盈眶，特意转过头去吸口气，生怕眼泪流下来。其实静下心数一数，现在还有多少人愿这么单纯地陪你走一遭，从南到北，从日落到黎明，数完你也会有种眼泪夺眶而出的冲动。

遥远是个不大合群的人，有严重的人群恐惧症，对喋喋不休的嘴、马不停蹄的脚步有着先天的惧怕和厌恶。

所以2003年反倒成了遥远的旅游年，因为那一年，从南到北，从东到西，好多名胜古迹不再是人山人海的"到此一游"和剪刀手拍照大咖。遥远带着他的女朋友艾云，坐着最便宜的绿皮火车，经历了一场千金不换的青春逃亡。

艾云有台拍立得，遥远有把破吉他，旅程就这样开始了。

艾云的拍立得只拍遥远，遥远的破吉他只唱给艾云听。

两个人买了两张一站到底的火车票，直奔贵阳，但是没有回程的钱，"有去无回"这词无论旅途还是爱情都令人反感。

不管了，先上车再说，好多情感和未来都断送在前后思量中，活活耗死在徘徊里。于是两个人戴着大口罩，在火车站，艾云用拍立得合影，说回来时一定再合一张影，遥远用破吉他唱了一首《旅途》壮行。

一路上，两个人"霸占"了绿皮车7号车厢的一条绿色长椅，相互依偎着看风景，听时光沿铁轨穿梭飞逝的声音。他们对面不停更换着旅客，有远方探亲的兄弟，有南下打工的农民工，也有一个人喝闷酒的老鳏夫……

当然，还有小偷。

艾云和遥远本就捉襟见肘的盘缠不翼而飞，想坐到终点是不可能了，没办法，只能在武汉下车。

被困在武汉的那天，艾云站在黄鹤楼下，用拍立得给别人拍十元快照，遥远在地下过街通道里弹吉他，一天下来一共挣了二十四块五毛钱。

两个人在路边摊分一碗热干面。后来两个人都哭了，不是因为挣得少，旅途太艰辛，而是因为艾云的拍立得拍进了别人的身影，遥远的破吉他取悦了别人的心。

武汉真的不愧是四大火炉之一，也多亏是火炉，两个人可以露宿公园，有张报纸就可以当被子用。遥远有人群恐惧症，所以他怕人多，每次唱歌人越多唱得越差，唯独艾云站在对面，遥远的心马上就会静下来，这感觉特别神奇。

可算是攒够了去贵阳的路费，他们当晚就买了车票，依旧绿皮车，依旧一台拍立得和一把破吉他，继续赶赴目的地。两个人兴奋得整晚睡不着，可是第二天早上遥远没起来，他躺在候车室里发起了高烧。

2003年呀，那时候发高烧会怎样呢？

马上隔离！刻不容缓！

一起被带走的还有艾云。观察下来，艾云没事，可遥远却被请进了发热门诊。发热门诊不太高的围墙成了那条银河，看不见遥远，把艾云急得，天天在发热门诊门口转悠，天天去找大夫量体温，可怎么量就是不烧。

艾云决定摘掉大口罩，做一些她这辈子都觉得疯狂的事。

那时候不知道你在不在武汉，有没有看见一个姑娘胸前挂着一台拍立得相机，大中午最热的时候去吃一碗热干面，满头大汗跑到空调机前面去吹冷气，一个劲儿嚷嚷冷气不冷，温度调低，再调低。

有没有看见那个姑娘一见到下雨就往外面跑，朝天埋怨，雨太小。

有没有看见还是这姑娘，天天去医院门口守着，谁咳嗽就往谁身边靠，求人家再咳两声。

姑娘就为了高烧一场，隔离一次。

因为隔离区里住着遥远。

艾云天天去隔离区外面徘徊，遥远在里面抱着破吉他也不知道给谁唱歌。艾云挂着拍立得好几天没按快门了，因为要照的人在里面，她照不到。

她心急如焚，必须进去，遥远有人群恐惧症，一见陌生人就会不安，只有看见她才会静下来。

艾云一次次去尝试发烧的途径，这种尝试在当时就是在和死亡接吻。终于在一个没日出的黎明，艾云发烧了，摇摇晃晃地被搀进了发热门诊，一系列检查后，门诊大夫手一挥，艾云成功入住隔离区。

你们信不信缘分呢？

千万别不信，也千万别迷信，缘分是真的存在的。

隔离区病房有310张床位，大部分是空的，只有不到一半的床位上有人。艾云烧得脚底发软，眼发花，可依旧一张一张床去找。她的胸前挂着拍立得，她都想好了，等找到遥远，一定来几张苦命鸳鸯连环拍。

可是，她没找到遥远。护士告诉艾云，就在她住进来的那天早上，遥远出院了，在父母的陪同下离开武汉北上回程了，一家人还挺乐呵，和每个人道别寒暄，唯独没和艾云说声再见。

艾云也要出院，她要去找遥远，她还要和遥远去贵阳，说好的一起回去，说好的在来时的火车站合影留念，说好的有始有终，怎么如今就剩自己一个人了？

但是这是发热隔离区，她是疑似病例，期期盼盼地进来可以，想出去，得先不发烧再说。

两个人就此错过，既后会无期又后会有期。

我想当时的艾云一定很恨遥远没有半点挂念就独自离去，也很恨自己瞎了眼，竟然一片痴心一路随。我想当时的遥远也一定在怨艾云真如云，飘散无踪，逃之夭夭。自此，后会无期，万念成空。

但后会有期的是在2003年的秋天，大学照常开学，一切正在悄然恢复正常，那场全面抗击的疫情阴霾正在逐渐散去。所有人都回到了学校，大家相互讲述着一个暑假的经历甚至是奇遇。

唯独艾云，她坐在教室里，一言不发，因为整个暑假她都是蜷缩在家里，日子过得一片空白，白到心无声，眼无神。

而教室最后面的角落坐着遥远，他的人群恐惧症更严重了，如今靠降噪耳机和低头使生活继续。

艾云和遥远再也没有说过话，迎面撞见，男左女右各走一边。艾云会看一眼遥远的手指，那上面没了老茧，吉他估计落满了灰。遥远也斜睨一眼艾云的前胸，毛衣挂饰取代了拍立得，想必拍立得早已经没电失灵，再也按不响快门声了。

不过，好多出双入对时的信物到后来都被看作不敢去触碰分毫的禁物，比如遥远的吉他，比如艾云的拍立得。想必，多少情路成陌路，多少爱之深成为恨之切，就是这么来的吧？

再后来遥远的身边开始不停地变换女生，摇身成了校园情圣，身边美女如云，可惜再没有叫"艾云"的姑娘了。

年底的新年晚会，遥远选了一首自己最熟悉不过的《旅途》，可他的人群恐惧症一直没好，一上台就开始晕场。下面黑压压的全是人，遥远张不开嘴，就直挺挺站在台上，台下开始有嘘声，越来越嘈杂，可越是这样遥远越发不出声。

忽然闪光灯从角落闪烁了一下，遥远看向闪光灯的方向，那是艾云。她拿着从身边朋友手里抢过的照相机，目不转睛地看着台上的遥远。

遥远的心忽然就像游艇开向了湖心，所有的涟漪都在向外排出。遥远张着嘴，那么熟悉的歌，此刻他看着艾云，却一句词也想不起来。

艾云的嘴在动，遥远跟着艾云的口型唱出声："天快亮了我要走了我肯定不会把你吵醒，我相信你一定明白为何我要不辞而别……"

"我们曾经那么甜蜜让每个朋友都很妒忌……"艾云流着眼泪，举着照相机的手微微颤抖，她默默领着遥远往下唱，眉头却皱得快哭了出来。

那刻，遥远才懂，原来两个人当初视对方如生命的情感，现已不复存在，而这首歌，不光是他熟悉且喜欢的，更是在这么个特别的时刻，祭奠他们爱情的。

晚会散场，艾云早就离开了，两人依旧形同陌路。

半年后的毕业合影上，艾云蹲坐在最前排的最右侧，遥远站在最后排的最左侧。两个人没喊"茄子"，闭着嘴等着闪光灯一闪就好。遥远特别讨厌闪光灯，特别讨厌照相，这辈子都不想听见快门声。

这种厌恶就像艾云特别讨厌吉他的和弦音，听到就要绕开走。

2015年的同学会上，艾云没来，因为她在待产；遥远来了，领着自己三岁半的小公主。大屏幕播放起当年珍贵的照片，有一张是遥远抱着破吉他坐在大学的草地上，低头拨弄琴弦，蓝色牛仔裤，长发垂在额前，还挺文艺。这是一张拍立得照片，不知道谁选的背景音乐，正是那首曾经给艾云唱过好多遍的《旅途》。

小公主指着照片对遥远说："爸爸，好像你。"

遥远抱起小公主看着屏幕笑："真的好像。"

同学们一致要求遥远现场来一段，盛情难却，遥远走上去，抱起一把陌生的木制乐器，它有六根弦。遥远瞬间百感交集，这次，他又要唱这首《旅途》，会不会带着其他的味道？

"天快亮了我要走了……"遥远拨弄琴弦，一开口，却发现一种陌生感已悄然而生。

"我要走了……"遥远苦笑摇了摇头,放下手里的乐器,鞠躬抱歉下台。

遥远知道,这首歌已经渐渐成为只属于他和艾云的歌,他开始觉得,无论什么场合,都唱不出这首歌的味道。

前些年我总和艾云去KTV,她每次喝到微醺总会唱"最想要去的地方,怎么能半路就返航……"然后一遍一遍地问我,怎么能半路就返航。

我知道她最想问谁,所以很多年后,我真的问了遥远。

原来当年,从医院出来后,遥远在父母的严防死守下还是从火车站溜了,他去了武汉两个人去过的所有地方,去找艾云,他相信自己一定能与艾云重逢,可那时候的艾云在隔离病房,怎么能找得到呢?

遥远便只身去了贵阳,去了小说里说过的小镇。

那里真的有一家和小说里描述的一模一样的白色小独楼宾馆,他住了一夜,向镇上好多人打听,有没有一个胸前挂着拍立得的姑娘来过这里……

可是小说和现实是不同的,没有一个胸前挂着拍立得的姑娘,艾云失去了踪迹,最后遥远悻悻而归,就像被掏空了内脏,越北上心越空。

最后,他一个人在当初出发的火车站抱着破吉他弹了最后一首歌,然后把破吉他卖掉了,不到一百块钱,刚好是回家的路费。

午夜,我整理相册,手停留在大学时的毕业照上,照片里谁的脸上指纹最多,谁的学士服被泪水浸花,谁的头像被刮了又刮直到面目全非……

斑驳记忆,在那张毕业的集体照上尽数体现。

谁的脸上指纹最多,那是因为有数不清的抚摸。

谁的学士服被泪水浸花,那是因为思念已经泛滥成河。

谁的头像被刮了又刮直到面目全非，那是因为我们曾深爱对方，只是后来有根锐利的刺横在那儿，逼我忘记你，才能躲开疼。

这根刺或许不是两个人自身的原因，或许是缘分，或许是命运。

但当年，若是真有一个女孩斩钉截铁一路不畏风尘跟着你，告诉你她爱上你了，那便是真的爱上你了。即便你是口袋里摸不到钱，前途也见不到的傻大个儿，女孩照样还是会爱上你的，奋不顾身。

这样的姑娘太傻了，但傻得最动人。

或许你这辈子不会遇见太多，但请千万记住：

若是遇见了，请珍惜，哪怕已经离开你。

别让异地恋太久

最近听说孟小姐又搬家了,她依旧是一个人拖着重重的行李箱往返于新家和旧居之间,爬上爬下把自己累得气喘吁吁。

男朋友打来电话,她没接,因为腾不出手。

当时她所有注意力都在自己右手的那只行李箱上。行李箱的质地较软,里面放着自己的衣物,而在那些衣物的最里面包裹着一对泥塑的情侣人偶,那是她和男朋友在一次短途旅行的路上买的,回来的途中不小心碰碎了。

后来孟小姐花了整整两晚才粘好它,但是依旧十分脆弱。

等她把手中的行李箱放下,她发现自己的手已经麻了,肩膀酸疼,手臂不停地抖着。

晚上,她给男朋友发了一张照片,照片上泥塑的情侣人偶安然无恙,它们抿着小嘴,甜腻腻地靠在一起。

那晚,孟小姐收拾到很晚,她筋疲力尽地将身体摔在了床上,连做梦的力气也没有了。第二天,她是被手机设置的闹钟给吵醒的。

一个人一座城,闹铃成了她与对方唯一的关联。

洗漱的时候,男朋友的电话打来了,男朋友问:"昨晚很晚才睡吧,累不累?"

孟小姐嘴里含着牙刷，吐字含糊地回答着："不累。"

"让你找个搬家公司你不愿意……"男朋友心疼孟小姐。

"哎哟，又不是第一次自己搬家。"

孟小姐说者无心，却让电话那端突然陷入沉寂。

"喂？"孟小姐嘴里含着泡沫，突然间的沉寂让她以为电话断线了。

"一会儿别忘了吃早饭。"片刻的停顿之后，男朋友声音低柔。

"嗯。"孟小姐对着镜子里用肩膀挤着电话的自己点了点头。

她觉得今早牙膏的味道特别呛，鼻子酸酸的，眼睛热热的。

两人放下电话，各自迎接同一个清晨的来临。

不过那个清晨，孟小姐还是忘了吃早饭，这事男朋友还不知道。

有一天，孟小姐切橙子的时候不小心割到了手指，鲜血抢在泪水之前涌了出来。孟小姐用嘴裹着受伤的手指去找创可贴，鲜血温热，孟小姐觉得眼眶也跟着热了。

一个小时以后，她用微信给男朋友发了一张图片。

她告诉男朋友，她又发现了一种特别好吃的橙子，香甜怡人，口感超赞。图片中她是用右手拿着一瓣切好的橙子，因为她怕左手手指的伤口沾到果汁——她并没有找到创可贴，伤口只能那么晾着。

橙子真的很甜，可吃到最后一瓣的时候，孟小姐的嘴里竟泛起了微微苦涩。但这事，孟小姐没和男朋友说。

前段时间，《北京爱情故事》热映，孟小姐和男朋友说好要一起去看，可是男朋友因为忙再一次错过了上映档期。

最后两个人沿袭了老办法，各自下载了这部已经下线的电影。

他们捧着两份爆米花，两杯可乐，在两间卧室的两台电脑上完成了这个约定。她怀里抱着男朋友送她的泰迪熊,泰迪熊的名字是两个人一起想的,叫福瑞希。看着看着,孟小姐就哭了,怀里的福瑞希身上沾满了眼泪。

孟小姐问男朋友:"你说我是不是泪点太低了?"

男朋友在电话里逗她说:"你泪点果然低,可那不怪你,那是遗传,你们祖上有个女人把长城都哭倒了……"

孟小姐破涕为笑,刻意一字一顿地轻轻回了句:"滚出去!"

那晚,她抱着福瑞希睡着了,因为没盖被子半夜被冻醒了。但这事,孟小姐没和男朋友说。

还有天晚上,孟小姐和闺蜜打了两个多小时的电话。每一次闺蜜和她的男友吵架,孟小姐总会成为间接受害人,她已经习惯闺蜜这种冗长的倾诉和抱怨。

临挂电话前,向来粗神经的闺蜜突然问了孟小姐这样一个问题:"我怎么从来没听说你和他吵架的事啊?"

孟小姐的身子侧倚在床头,眼睛看着墙上的日历说:"本来就聚少离多,见一次就那么点时间,哪还有工夫吵架啊。"

"我懂你,春宵一刻值千金嘛,哈哈。"闺蜜在电话里笑着说。

孟小姐依旧一字一顿地轻轻回了句:"滚出去!"

一阵微凉的夜风穿堂而过,日历被轻轻吹起一角,上面的每一页上都画着五颜六色的框框,绿色的框框代表男朋友计划要来的日子,蓝色的框框代表孟小姐计划去男朋友那里的日子,还有红色的框框,它代表着两人实际见面的日子,确实是最少的。

事实证明,计划总是赶不上变化。

无论从绿色变成红色,还是蓝色变成红色,都是那么弥足珍贵。

但这事,孟小姐没和男朋友说。

那晚，孟小姐又梦见男朋友来到她的城市找她，而她却去了男朋友生活的地方，一次阴差阳错的错过，相见竟变得如此艰难。

孟小姐已经不知道是第多少次从梦中哭醒了，但这事，孟小姐没和男朋友说。

天气一天天转凉了，阳光的温度和光芒正被秋风吹离这座城市，但是这个季节傍晚时分的火锅店是最沸腾的。孟小姐再一次路过这家火锅店，她不禁望向里面，在火锅店橱窗的玻璃上，她看见了自己的身影。

一扇落地橱窗将她和整个世界隔开，里面的他们感受着暖意融融，外面的她被萧瑟秋风侵袭；里面的他们推杯换盏，外面的她形单影只；里面的他们大快朵颐，外面她却没有半点食欲……

哦，对了，其实今天孟小姐约了人吃火锅，这家店是特别辣的那种，孟小姐的最爱。可踏入这暖洋洋的室内，看着火锅底冒出的阵阵白雾，她的眼睛湿了，对面的人却看不见，自己孤零零映在橱窗上的画面久久徘徊在眼前。

孟小姐草草告了别，她一口也吃不下。碰巧男朋友打来电话，问她晚饭吃的什么，她美滋滋地告诉他，火锅！他们俩在一起时总去的那家。

男朋友笑了，调侃火锅店辣辣的、热腾腾的温度，还不忘嘱咐孟小姐天气凉，出门多穿衣物。孟小姐笑着，欣欣然满口答应下来。

可她一回家就把本就没吃几口的火锅吐了出去，她的胃很难受。因为穿得少，她真的感冒了，那晚高烧到了39度。但这事，孟小姐没和男朋友说。

孟小姐不喜欢病房和车站。

因为病房里注定满是离别和泪水。然而命运之母就是喜欢调侃世人，孟小姐是名护士，她必须每天面对生离死别，还有泛白的床单。

　　后来孟小姐选择了去妇婴医院工作，因为那里总是能迎接一个个新生命来到这个世界，而非送走一个个人，好像多了些希望和快乐。

　　这也是她从来不去车站送男朋友走的原因，她已经说够了"再见"。这事或许男朋友压根不知道其中缘由。

　　今天下班，她开心地和每一位同事打招呼告别，走出医院大门，享受着夕阳的温柔，她觉得一切都那么美好。

　　其实原因很简单，日历上的今天画着绿色的框框，男朋友会来。

　　临下班前，孟小姐特意补了妆。她涂上了新买的唇膏，那是一抹淡淡的粉色，润泽可爱。画眼线的时候，孟小姐突然看见自己的眼角开始有了丝丝细纹，一瞬的落寞与迷茫凝在镜中，她不知道自己还经得起多少次这样的等待。

　　她也不知道男朋友知不知道这事。

　　W先生坐在长途客车上，汽车行驶在一条弯曲的公路上，目的地在千里之外，方向明了却又不知何时抵达，感觉有点像他的爱情。

　　W先生憎恨关于距离和时间的计量单位，它代表着他和女朋友之间的距离，总是那么遥远；它代表他和女朋友又有多久没见，总是遥遥无期。

　　W先生从包里拿出一本笔记，将耳机塞进了耳朵里，那里有他和女朋友最喜欢的音乐，它们总是能帮助W先生度过那些孤寂的黑夜和漫长的旅途。

　　音乐响起，女朋友便会从心中浮现。但这事，女朋友不知道。

　　W先生翻开手中的笔记本，它又快被写满了。

忽然一张照片从笔记中滑落到了地上，W先生拾起它，上面是他和女朋友，女朋友手里拿着一对泥塑的情侣人偶，它们甜腻腻地靠在一起。

照片上他正和女朋友学着那对泥偶的姿势相互依偎着。

后来那对泥偶不小心摔碎了，是女朋友把它粘好的，现在就摆在女朋友新搬去的家里。

W先生一直关心女朋友单位附近的房产动向，他打算在那附近买套房子，这样女朋友就再也不用常常搬家了。但这事，女朋友不知道。

W先生把照片重新夹好，继续向后翻动着笔记本。这一页一翻开，一阵橙香扑面而来。女朋友喜欢吃香橙，连W先生的香水都选了这种味道。

这页纸被W先生特意洒上了橙香，上面记载着W先生预订了一款热销的原汁机，送货地址是女朋友的单位，估计未来几天就能送到。

刀总是危险的，W先生不在她的身边，心里总觉得不踏实，货到后，女朋友就不用再一刀刀地切橙子了。但这事，女朋友不知道。

接下来的一页竟出现了半页的留白，只是在最下方写着这样一行字：今天的电影真的很好看，无关内容，只因我就在她身旁。

W先生准备在半页空白处贴上电影票的票根，但这事，女朋友不知道。

W先生很少和别人坐在一起闲聊，可是最近午休，他经常站在一边听单位几位女同事聊天，手里捧着一杯已经凉透了的咖啡，认真地默默听着。

后来，W先生的笔记上经常会出现这样的文字：

有一种黑糖，四季饮对于女生每个月的特殊日子特别管用，它产自台湾，可以邮购。

有一种五谷早餐，营养丰富，易于存放。接下来是近一页的制作方法。

有一种四川火锅的做法很特别，口感麻辣鲜香，百吃不厌，是浓郁且正宗的四川味道。接下来又是将近两页的火锅做法。

上面这些,其实W先生笨手笨脚地试做过很多次。但这事,女朋友不知道。

W先生的手机又坏了,这是一部特别旧的手机,修手机的小师傅劝W先生换一部新手机,因为旧手机元件已经停产了,很难找到,而且修这旧手机的费用足够买部新的电话了。但W先生只是简单地说一句:"您再想想办法吧。"

所有人都以为W先生生活节俭,其实还有个重要的原因便是,这部电话是女朋友送他的第一件礼物。

电话修了很多次,W先生打算一直这样用下去。但这事,女朋友不知道。

车厢有些摇晃,晃醒了W先生身边的老先生,老先生揉了揉惺忪的睡眼,他看了看身边的W先生。此时W先生在摇晃中睡得很沉,他似乎很累,也似乎在做梦。老先生的目光停在了W先生并未合上的笔记本上,那里的内容写得确实丰富,其中有这样一行字:别让女朋友等太久,刹那芳华,一头扎进衣锦还乡的梦里,倒不如抱着一起吃苦。

一个人的世界,两个人的故事。

无论你开心、难过、得意还是无助,都要一个人去面对,这就是我们说的一个人的世界。那么两个人的故事是什么呢?

那就是无论对方开心、难过、得意还是无助,你只能捧着冰冷的电话说情话,望着四下无人的街口寄相思,剩下的什么也帮不上、给不了,哪怕是一抹微笑的甜蜜和分量,一个肩膀的依靠和温度。

可这么苦,这么虐心,为什么还有这么多人义无反顾、飞蛾扑火般投入其中呢?

因为,哪怕奔向对方的路上颠簸,让人感到疲惫甚至煎熬,可身在此山中的恋人却甘之如饴。是的,最重要是两个人!

直截了当地告诉你,异地恋是因为他们相信爱情。

他们相信,这段路终有一天会走完,彼此的距离会被拼命缩短,他们也更愿意相信,下次再见面,就会拥紧彼此,再也不分开了。

异地恋不可怕,但别让异地,恋太久。

▍ 戒不掉的习惯只因为爱得太真实

你的朋友圈里有没有一个叫大力的人？他是不是特别孔武有力，是不是特别粗线条？或者也是你的搬家高手，你的心灵回收站？

我就认识一个大力，他一个人能将一张双人床搬上六楼，果真力拔山兮气盖世。大力还有一枚鲜明的个人标签，麻辣烫。

他特别喜欢吃麻辣烫，每次约我吃饭必是麻辣烫。

大力吃麻辣烫堪称一绝，桌上有什么调料他都会放进去，酱油、陈醋、味精、辣椒油、胡椒粉，只要是摆在桌面上的，一样不落。

"力哥，这个你不能往里放！"我伸手连忙阻止他。

"为什么？不试试怎么知道好不好吃！"大力不听劝，拿起来就要往碗里倒。

"那是装烟灰用的……"我已经汗颜。

"我去！"大力顺手扔掉，嘴里嘟囔着，"一个破烟灰缸长得这么有迷惑性，我还以为调料盒呢！"

"力哥，就算是调料，也没像你这么用的啊，你看看，好好一顿麻辣烫，瞬间被你变成生化实验了……"我看着一碗变了颜色的麻辣烫，无奈地捏着鼻子直摇头。

不是我说他，每次的麻辣烫经他的第二次调制之后，总会变成黑暗料理中的一朵"奇葩",而且人有愈开愈盛之势。所以到后来,很少有人拥有这一份勇气和重口陪他去吃麻辣烫了。

有天中午,接到大力打给我的电话,说我公司周边新开了一家麻辣烫,所有菜品一律称重计价,倒让我很感兴趣。

"哟呵,麻辣烫都吃到我公司啦!"我立马调侃他。

"那必须的!"大力喜上眉梢。

"不过……我不去!"我偷笑,估摸着大力听完会跳起来,"你就死心吧!"

麻辣烫是他的命呀,不论好的坏的,只要新开的,他必须去吃一下。在这些五花八门的麻辣烫里,尤其川妹子开的,他一定会排在前头。

果不其然,大力吼着:"成全大哥吧,麻辣烫的老板娘是个川妹子!"

"死鬼!楼下等我!"大力太了解我希望他早点娶媳妇的心态了,这样就不用拖着我吃麻辣烫了——毕竟,陪大力吃麻辣烫,可是需要大把勇气的。

到店里,大力这个丸来一点,那个菜来一点,菜摞得老高,五颜六色还挺丰盛。估计很多人会说,这么点我也会,还能比他摆得好看。但这么想就太小看大力了,大力的"专业"绝不止于此。

他吃过太多的麻辣烫了,鱼丸多重,肉有多重,他都能知道个大概。果然,最后称重算账,所有菜品加在一起,50元整,太准了!

因为川妹子的原因,我们又来这家吃过几次,有次我趁着大力不注意,偷偷多放了几枚红辣椒进去,到最后称重结账时,他竟然用夹子准确地找出了那几枚红辣椒,挑了出去,然后上称——叮!50元整!

当时我的下巴都快掉在地上了,这功力让我亲眼见识了传说中的神技——抓准!从此以后,去这家吃麻辣烫,我再也不敢造次了。

麻辣烫店的川妹子老板娘，娇小可爱，声音很甜，去了几回我们就熟络了，也得知川妹子为了开一家麻辣烫店，努力拼搏了好多年。

我拱了拱大力："欸，大力，你看！这川妹子有干劲！"

大力却不说话，菜上来了只顾低头吃，辣得泪眼汪汪。我问他："和你说话呢，大力，你要不要吃得这么自虐？"

"不行，我得加快速度，不然，什么时候能自己开上一家麻辣烫店啊！"大力语出惊人，他大口大口吃着肉丸，而我却看得有些发愣。

原来，大力不仅和川妹子有缘，连开家麻辣烫店的梦想都一致呀！

大力本是学油画的，素有"油画系堂吉诃德"之称。大学一毕业，大力就开始了梦寐以求的仗剑天涯的浪客生活。

不出所料，这个时代并不像大力小时候看的那些武侠小说那样，那么迫切地需要侠客，结果一颗侠客心被现实生活揉得七零八落，碎了一地。

大力在社会的泥泞里不得志，生活潦倒，朝不保夕，只好蹲在地铁的楼梯口卖牛仔裤。大力卖的牛仔裤不同于其他商贩，他在牛仔裤上涂满了颜料，现场DIY。围观的人不少，可真正敢穿一条堂而皇之上街的寥若晨星，大力的牛仔裤地摊成了地铁口一道独特的假繁荣风景。

油画DIY牛仔裤滞销，自然而然就会导致大力没那么多钱去设计新的牛仔裤，于是渐渐地连围观的人也没了。大力蹲在那儿，嘴里叼着烟，脸上写着曲高和寡的无奈与孤傲。

在日渐稀少的围观人群中，一天，一位四川口音的姑娘忽然开口问大力："欸，小哥，你为啥子不画牛仔裤了？"

大力抬眼看去，大概由于身材娇小，姑娘身后背着的黑色琴盒显得格外巨大沉重，大力对她有点印象。

过去人多，她总被挤在后面，只能踮着脚看一会儿，然后歇歇，再踮起脚看一会儿。如今人没那么多了,她终于可以蹲在前排了,但大力画不起了。

大力瞥了姑娘一眼,一摊手:"小妹,我没钱,耍不起!"

也就是那天,这个四川姑娘买走了大力的一条牛仔裤,她递给大力的全是零钱,一百多块钱大力数了老半天,弄得双方尴尬。

第二天那个女生又来了,依旧很重的四川口音,在他的摊位上一口气买走了五条牛仔裤,这次女生爽气,一百元都是整钞。

大力也没想那么多,乐呵呵就给了牛仔裤。当天晚上大力收摊往回走的时候,再一次遇见了她,她正穿着第一天买的那条牛仔裤,站在地铁的另一个出口弹吉他,面前摆着从大力那里买的牛仔裤,销售场面异常火爆。女生坐地起价,卖得比自己贵得多!

大力火了,他挽起袖子直奔女生而去,大有踢馆的架势。

可大力还没走几步,竟然有人捷足先登——一群小痞子去收"地皮税"。

小姑娘面前的琴盒被踢翻了,里面的钱也被拿走了,小地痞走了几步又折回来了,说要搜姑娘身。

这还了得!大力的侠客梦还真不是白做的,果断路见不平一声吼,一通大飞脚,虽然钱没追回来,自己也挂了彩,但算是救姑娘于水火。

姑娘被吓得不轻,一直哭个不停,眼泪簌簌,落得大力心里软成一碗鸡汤,从口袋掏出所有家当递给姑娘,结果发现自己也就几十块钱——卖牛仔裤的钱基本都用来进新牛仔裤和还这几天欠的盒饭钱了。

"这下好了,我卖你牛仔裤,你被人家欺负,咱俩算是给那几个小流氓打工了。"大力一边揉着脸上的瘀青,一边不停地摇头。

姑娘一听,反倒是破涕为笑,泪花和笑容都挂在脸上,还挺美,看得大力心里软塌塌的。

四川姑娘叫韩小花,音乐学院刚毕业,暂时失业,原本有个乐队,生活所迫解散了。韩小花只好每天晚上一个人去地铁口卖唱糊口,坚持着摇摇欲坠的梦想。

那天晚上,两个天涯沦落人一同去吃麻辣烫,但两个人的钱只够点一份。姑娘不吃,一只手拄着下巴,另一只手不停地往大力碗里夹东西。那是大力这辈子吃过的最好吃的麻辣烫,整整一大碗,香得大力飙眼泪。

韩小花告诉大力,以后自己一定会开一家麻辣烫主题店,香飘十里,远近闻名,到那时候,她要在店里弹着吉他唱自己的歌,大力可以负责讲最精彩的江湖故事,等麻辣烫店攒够了钱,再去流浪攒故事。

从那一刻起,大力在心中立志,不娶此妹子愧对列祖列宗——既上得厅堂,又入得厨房;卖得动牛仔裤,做得出麻辣烫。

那天以后,大力和韩小花相约地铁口摆摊,算是双剑合璧,大力负责画牛仔裤,韩小花则穿着大力设计的牛仔裤唱民谣。大力那曾经假繁荣的地摊,摇身一变,成了真热销的流行新宠。

韩小花跟着大力跑货源进颜料,起早贪黑却甘之如饴。累了,韩小花就靠着大力的后背睡觉,大力虎背熊腰,天生一只好背枕,靠起来暖和又舒服,韩小花总是睡得特别香,其实主要是安全感。

大力生性威猛,威名响彻地铁周边,小地痞们自然不来惹麻烦,顶多路过时奚落两句,大力一横眉,他们便作鸟兽散。

这下生活线路更加明晰,大力和韩小花的小火花自然是越擦越热烈。

两个人钱不多,可总算搬出了地下室,在市郊租了老社区的一间六层小屋。破是破了点,但每天一早就能看见阳光,可以在被褥里闻到阳光的味道，这已经让大力和韩小花倍感幸福了。

记得往小六楼抬双人床的那天，大力那兴奋劲导致能量大爆发，吓得小区里的大爷大妈个个瞠目结舌。大力一个人扛着双人床一口气爬上六楼，接下来自然是什么都变成双人的了，小到牙刷碗筷，大到美梦和生死。

每天早上临出门，韩小花总是站在门口，水汪汪忽闪着大眼睛对大力说："么么哒，亲一下再出门嘛！"

大力总是一脸磨不开，其实心里乐开花，双脚生风，双眼如炬，像喝了一吨兴奋剂。

当然，还有麻辣烫，也是韩小花的最爱。

两个人去吃麻辣烫，韩小花这个丸来一点，那个菜来一点，菜摆得老高，五颜六色还挺丰盛。那时候大力嘲笑她，说这么点他也会，可比她摆得好看多了。但韩小花的"专业"绝不止于此，她的"专业"在于，最后结账一定是50块钱整。那时还没有称重计费的麻辣烫店，但韩小花把大力的食量拿捏得很准，既不会因为吃不掉而浪费，也不会让大力半夜饿醒睡不着。

2014年，大力已经不在地铁口卖牛仔裤了，他和韩小花走过好多地方，韩小花抱着吉他，大力抱着韩小花。而韩小花也在自己的梦想道路上越走越远，有了属于自己的音乐团队，也开始做一些原创歌曲，逐渐有了一定的受众群体。

年初，韩小花要出国参加一个学长组织的音乐节，韩小花和大力说，这次出国演出回来后，就开始筹备麻辣烫店的事。

那天韩小花临去机场前，大力笑着说："我帮你筹备麻辣烫店的事，你帮我筹备一件事作为交换好不好？"

"哎哟，我的大力哥还会讲条件啦？说说！"韩小花歪着头问。

"你先回答我，答不答应吧？"大力一脸严肃。

"嗯！"韩小花笑着，重重点了点头。

那个送行的场景，大力后来对我说，他这辈子都忘不了。

其实大力要韩小花帮他一起筹备的是他们俩人的婚礼，那时大力已经准备了钻戒，但为了她能在外面专心演出，左思右想还是放弃了。

大力当时还信心满满，等接机时再给小花戴上戒指也不迟。可小花一去，从此再无音讯，戒指也成了大力这辈子最后悔的一件事。

到如今大力还和我说，韩小花最爱和他闹了，她是在考验他，连捉迷藏的耐心都没有，以后还怎么相濡以沫，怎么一起弹着吉他唱着歌吃着麻辣烫到白头。

大力依旧挨家挨户吃着麻辣烫，他说，等他一家一家全部尝遍，若是韩小花还没出现，他就自己开店，香飘十里，远近闻名，就不信韩小花能忍住不露面。

我也终于知道大力为什么最爱往四川人开的麻辣烫店里钻了，万一一开门说"欢迎光临"的老板娘是韩小花呢，哪怕她身边已经有人陪着，只要人在，怎样都好。

终于，在今年年初，大力的麻辣烫主题店开业了，他不知道什么时候学会了弹吉他，开业那天弹得有模有样。他在后厨做的第一锅麻辣烫味道特别香，惹得过路人一个劲儿咽口水，店内生意火爆。

大力还特意准备了一把高椅，坐在食客中间，伴着吉他开始讲故事。从哪儿开讲呢？就从卖牛仔裤开始吧……

有人说，一个习惯只需要21天就能养成，然后是变得熟练，它一旦被养成，想戒掉就难了。

因为爱一个人，我们有了好多习惯。你会在每天傍晚准时打开电视等待天气预报，关心的却不是自己的城市；你也会在每次路过某家果汁店时深深地吸一口气，闻到了小番茄拌青柠的味道，心里忽地酸酸甜甜起来。

这和大力的麻辣烫如出一辙。

当你可以不用看时间就知道天气预报开始了；当你路过某家果汁店，不必观望就知道今天的小番茄青柠果汁里是小番茄放多了还是青柠汁调淡了——恭喜你，你和大力一样，拥有了一段戒不掉的感情。

愿你能在这忽晴忽雨的江湖里，找到这段戒不掉的感情。她一定是你可以携手到白头的人，你每次出门，她都会水汪汪忽闪着大眼睛："么么哒，亲一下再出门嘛！"

多亏失去你,才让我遇见最爱的人

表妹珊瑚给我打电话,说行程已定,今晚约我喝杯送行酒。

我问表妹赴宴名单,她在电话那端列出老长一串人名,可唯独不见诚哥大名。我问珊瑚:"为什么不请诚哥?"

珊瑚压低了声音:"我这么着急出去旅行,你又不是不知道我在躲谁。"

是的,她是在躲诚哥。诚哥一直喜欢珊瑚,而且最近诚哥家里逼婚局势紧张,大家都知道诚哥要采取行动了。

诚哥大珊瑚七岁,年过三十,是珊瑚公司楼下的一家国内知名快递公司的部门经理,资深宅男。其实我真的很难想象,那么大一家靠腿打天下的快递公司,却用了一位平日最懒得用腿的人,这搭配也算是"奇葩"。

诚哥除了上班以外,大部分时间都喜欢待在家里,这和一刻不得闲的"资深驴友"珊瑚形成了强烈的反差。

珊瑚收拾着行囊,她这次又要独自一个人去旅行了。

刚开始我们都以为珊瑚喜欢这种一个人独自上路的感觉,应着那句"世界那么大,我想去看看"。后来我们才知道她是习惯了。

和每一次旅行一样,珊瑚这次的目的地是西班牙、德国、意大利和英国,这一大圈欧洲行却偏偏绕着法国不去,用脚指头想都知道,她是有意为之。

在很早以前，珊瑚其实是有一个男朋友的，可如今却天各一方。他叫赵飞星，对，"飞星传恨"的"飞星"，大家都叫他"扫把星"。

也许当初"扫把星"为了得到珊瑚的芳心，透支了自己未来三年的运气，以至于他飞往法国的前一天都还在倒霉。

"扫把星"的霉运始于和珊瑚正式交往的那天，"扫把星"的表白和两个人的情话被全校师生听得一清二楚。那天傍晚的校园广播做了全程现场直播，整场的浓情蜜语和最后的皆大欢喜，两人成双满足了大家的期待。

这能怪谁呢？谁让这两个人各负责一档校园广播栏目，谁让这两档栏目时间紧紧挨在一起，谁让"扫把星"非要在广播室表白，谁让广播按钮被无意间撞开……

因为这场意外，直接导致"扫把星"最后一学年的奖学金彻底泡汤，原本计划好的法语进修班学费也随之没影了。所以"扫把星"为了赚法语进修班的学费，只好晚上去校园附近的小夜市摆地摊卖玻璃装饰品。

卖装饰品就卖装饰品呗，非要卖玻璃的干吗？

卖玻璃装饰品就卖呗，还嫌人家小夜市的管理费太贵，摆黑摊。

摆黑摊位也就算了，非要拉着珊瑚一起去，结果人家城管大叔来抓现行，"扫把星"见势不妙，手忙脚乱卷起地摊就跑。

可怜珊瑚一脚踩空，一大包的玻璃饰品和珊瑚一起摔在地上。

那是"扫把星"的全部家当啊，这下血本无归了。"扫把星"看着一地的玻璃渣，心也碎成渣。

然而再看向珊瑚，更心疼了，疼得都在淌血了。珊瑚跌倒的时候，一手按在了碎玻璃上，鲜血如注，手上又长又大的口子简直让人不忍直视，就连后来医院缝合的大夫都嘟囔着可怕,手抖得厉害。

这下可好,医药费花掉了"扫把星"剩下的生活费,法语进修班的学费想都不敢想了。更严重的是,珊瑚的手整个被绷带吊起来,完全丧失自理能力。

"扫把星"蹲在医院的台阶上,万念俱灰,去法国的梦想越来越遥远,女朋友珊瑚又伤成这样,真是祸不单行,倒霉到家了。

这时候,珊瑚从包扎室出来了,她安静地坐在"扫把星"身边,用肩膀撞了"扫把星"的肩膀一下,说:"给你个惊喜呀!"

"扫把星"抬起头,眼圈发红:"都这么倒霉了,哪还有惊喜呀,别逗我了。"

珊瑚背过身,让"扫把星"打开自己的背包,里面装着一款精致的埃菲尔铁塔造型的许愿瓶。

"这是?""扫把星"看着珊瑚。

珊瑚莞尔:"其实也不是血本无归哟。"

珊瑚有一次陪"扫把星"去进货,一眼就相中了这座精致的玻璃埃菲尔铁塔,所以一起批发下来。珊瑚本想摆在地摊上卖,可是几次拉开背包都没舍得拿出来,没想到竟成为唯一的"幸存者"。

快毕业了,大家都忙着找地方实习,可珊瑚却什么也干不了,只能每天待在房间里养手伤。那段时间,珊瑚的心情特别差,见什么砸什么,唯独那座玻璃埃菲尔铁塔她舍不得砸。

"扫把星"有好多彩色的小纸条,他说这些彩色小纸条是他一个又一个想实现的愿望。一天晚上,他在其中一张小纸条上写着:"珊瑚的手已经痊愈了。"然后,他告诉珊瑚:"等你的手真的痊愈的那一天,就把它折成星星,扔进这座埃菲尔铁塔里,怎么样?"

珊瑚点头,她蒙了一层阴霾的脸上终于露出了久违的笑容,在"扫把星"眼里,这一点点微笑,就像暌违了半个多世纪的阳光。

后来两个人约定,以后的愿望和心事,无论大小,都要写成纸条,不光"扫把星"要写,珊瑚也要写,而且每完成一件,就折成星星放进埃菲尔铁塔里。

接下来"扫把星"的生活便是一边照顾着珊瑚的衣食住行,一边去外面打工赚钱,剩下的时间再想着去准备法国签证事宜。

所以,当"扫把星"遭遇法国拒签的时候,他一点也不奇怪。

一连串的倒霉事真像是没有尽头,弄得"扫把星"焦头烂额。在他看来,唯一的快乐就是每晚早早回家,去埃菲尔铁塔的许愿瓶里收取一整天的愿望,那些愿望就像是光,不仅可以驱散阴霾,还会带来温度,暖暖的,特贴心。

就这样,像他们当初约定的一样,"扫把星"和珊瑚总会在彩色纸条上写下有温度的故事,每当完成一件,就叠成星星放进许愿瓶。

终于有一天,珊瑚的伤好了,她也找到了工作,他们的生活算是正式地步入了正轨,朝着努力赚生活费的目标前进。

可是某天,珊瑚下班回来,她看见挂在床头的那张写着"法国签证成功"的彩色纸条被折成一颗星星,放进了埃菲尔铁塔里。

看来这次"扫把星"真要去巴黎了,要去看真正的埃菲尔铁塔了。

扯远了。

话说珊瑚要去旅行了,一早6点的飞机。可是不知道诚哥从哪儿得知了珊瑚的航班号和时间,一大早一个电话恶狠狠地把我从睡梦中惊醒。

"大哥,珊瑚走你去追啊,你叫我干吗?你知道我最近熬夜写稿,就那么点时间补觉……你忍心吗你……"我蜷缩在车后座。本来准备补一场酣畅淋漓的春秋大梦,结果硬是被诚哥拉去给珊瑚送行。

"哎哟,珊瑚不是东西多嘛,多个人多个帮手。"诚哥通过后视镜傻傻地笑。

"大哥,看来你还真不了解珊瑚。她这说走就走,像个逃兵似的旅行,一向都是轻装简从,从不多带东西,反正带多了也是全丢。虽说她是我表妹,但她这种丢三落四的毛病,我早就看不顺眼……"我翻了个白眼。

"我知道啊,所以我昨天晚上替她准备了行李,就怕她不周全。"诚哥打了一个长长的哈欠,看上去也是一脸倦容。

其实回忆起来,诚哥也是蛮不容易的,好像这世界上只有珊瑚这一个女生了,他像一颗行星一样,终日围绕着珊瑚这颗恒星,从没有离开过。可珊瑚却偏偏躲躲闪闪,于是一个闪一个追,让这两个人都非常辛苦。

诚哥平时最大的爱好就是宅在家里,所以基本上除了工作关系,生活中的朋友并不多。不像珊瑚,环游四海,周游列国,最不缺的就是朋友。

两个人当初认识,正是因为一个准备发往法国的快递。珊瑚一路杀到了诚哥的经理办公室,怒气冲冲,着实把诚哥吓坏了,他从没见过这么凶的女生。

原来珊瑚快递的是易碎品,诚哥家的快递小哥在途中不小心给弄碎了,退回到珊瑚手中,只剩下一堆星星和玻璃碎片。

那可是珊瑚满满一瓶的心事和愿望啊!自从"扫把星"签证成功,去了法国,珊瑚的心事只有一件:想"扫把星"。心愿也只有一桩:"扫把星"快点回来吧。

这些美好的心事和心愿,珊瑚将它投进这座埃菲尔铁塔里。珊瑚认为，只要这样，她的愿望就能早点实现。

这下可好，星星撒了一盒，玻璃碎渣差点又割伤珊瑚的手。

一向坚强的珊瑚大闹快递公司，她哭得撕心裂肺，她不要赔偿，不要道歉，她只要诚哥把埃菲尔铁塔恢复原样，可是这一点谁也做不到。

那天，诚哥下班的时候看见珊瑚正坐在大厦门口，把快递盒里的玻璃碎片拼了一遍又一遍。可有些东西碎了就是碎了，怎么也拼不好了。珊瑚捧着碎玻璃把心都要哭出来了，这让看在眼里的诚哥顿时生怜悯。

诚哥走过去，想安慰珊瑚，但不知从哪里安慰。

珊瑚这会儿倒是一点也不介意了，她给诚哥讲起了她和"扫把星"的故事，从广播室告白讲到了摆地摊，再到"扫把星"终于上了飞往法国的飞机……

"扫把星"在登机前把埃菲尔铁塔许愿瓶放在珊瑚手上说，如果想他了，就写成字条折成星星；如果有什么愿望和心事了，也要写成字条折成星星。他会在每天经过埃菲尔铁塔时感觉到，然后回来陪珊瑚一一实现。

珊瑚露出渴求的眼神，她问"扫把星"什么时候才会回来。

"扫把星"摸着珊瑚的头，等星星装满了整个埃菲尔铁塔，他就回来了。

从那天起，珊瑚的这座埃菲尔铁塔就再也没有离身，无论到哪儿她都会带着，她怕自己停止想念，停止装填。

你知道的，有些事一旦停下来，就再也找不回原来的感觉，感情也不例外。

不出所料，后来两个人还是分开了。

"扫把星"的回国成了一个遥遥无期的等待，它约等于后会无期。

珊瑚开始和他吵，"扫把星"据理力争，最后连辩驳的耐心和冲动也没有了，电话不接，快递不签，回执单上并不是"查无此人"，而是刺目的拒签章。

所以珊瑚使出杀招，把埃菲尔铁塔寄去，看你收不收。可是还没出国，埃菲尔铁塔就被诚哥公司的快递员打碎了。

诚哥听完，无限愧疚。

他答应珊瑚，一定给她找到一款一模一样的埃菲尔铁塔许愿瓶。

从那天起，诚哥从宅男变成了追风大叔，一有时间就带着珊瑚满世界找埃菲尔铁塔，可怎么找也找不到一个一模一样的。

后来诚哥托人找了一位工匠师傅，按照珊瑚照片里许愿瓶的模样，重新定制了一个。还别说，这个真像，细致入微，乍一看还真能以假乱真。

只可惜当珊瑚兴奋地将所有星星倒进去的时候才发现，大了一号。

于是为了装满它，珊瑚又开始折起了星星，她讲心事写心愿，她依旧将自己的心事心愿丢进埃菲尔铁塔。

只是经过与诚哥推心置腹的交流，也经历了一次又一次"扫把星"的拒签，她的心事心愿开始有了小小的不同，心事里不再单单只有想念，心愿里也多了好多自己的未来。这些小小的不同却是日后珊瑚大大的变化。

果然，珊瑚和以前一样，只是简单地带了几件随身衣物和日用品，装了一个特别小巧的行李箱。

所以当她看到诚哥为她准备的那个巨大行李箱和大背包的时候，整个人都惊呆了。

"我是去旅行，不是大迁徙好吗？要不要这么夸张！"珊瑚有些哭笑不得。

诚哥嘿嘿嘿地傻笑。其实诚哥查了好久的攻略，能想到的旅行所需都装在里面了，巨大的行李箱看上去就像一个百宝囊，里面什么都有，小到针线包,大到小型手摇发电器,一应俱全,生怕珊瑚身在他乡,遇到点什么措手不及的事。

"你可是怕我累不死呀。"珊瑚看着行李箱苦笑。

赶去飞机场的路上,我和珊瑚在车后座整理她那只简单小巧的行李箱。在所有衣物的最中间,我看见那只埃菲尔铁塔许愿瓶,它被珊瑚包裹在最中间最柔软的地方,小心呵护,生怕有个闪失。

它已经被无数颗星装满了,还挺有分量,但是它没有那些分离的岁月沉,也没有那些写在星星里的心事重。

我拿起玻璃瓶在珊瑚面前晃动:"你不是不去法国吗,干吗带着'遗物'满世界逛?"

珊瑚不理我,望向窗外渐渐变亮变蓝的天空。

是呀,这就是个"遗物",而且是珊瑚和"扫把星"之间仅存的"遗物"了。

有几次珊瑚都想拿出来,把它砸到地上,砸个粉身碎骨,可是每次都是再折一颗星放进埃菲尔铁塔里。

其实珊瑚也知道,真正的"遗物"已经被摔碎了,此刻的这个埃菲尔铁塔是诚哥送的,和"扫把星"又有什么关系呢?

真的没想到,大早上5点多,机场路上也会堵车——两辆车发生擦碰,车主喋喋不休互不相让,机场环路长龙一眼望不到头。

诚哥手指敲着方向盘,越敲越快,看表,越看越频。忽然朝后面的我和珊瑚喊了声:"走,下车!跑过去!"

"大哥,你是在开玩笑吗?你给珊瑚准备了这么大一个行李箱,怎么跑?"我叫苦不迭。

诚哥已经下车,打开后备厢,背上背包,推着那个巨大的百宝囊往机场方向跑。我和珊瑚也只好跟着下了车，拿上剩下的行李尾随其后。

三个人狂奔在机场路上，头冒白烟，像是走火入魔的武林中人，好多司机打开车窗一脸惊骇地看着我们从身边经过。

"大哥，你就那么希望珊瑚走啊？"我跑到诚哥身边，气喘如牛地问。

诚哥依旧不停看表："好多事只有离开了才会回来，感情有时候也是这样。"

我忽然停住脚步，好像明白了一些什么，眼睛有些红。

我们三个跑到候机大厅的时候，时间已经很紧了。诚哥指着珊瑚："你，换登机牌，去过安检。我，去托运行李！"

珊瑚也有点慌了，怕赶不上飞机，于是放下所有行李，跑去换登机牌。我紧跟着珊瑚身后，拿着她放下的行李也是一路小跑。

终于，珊瑚换完登机牌，准备去过安检。

可就在安检口，珊瑚忽然停了下来。

"你又怎么啦？"我问。

"他没有机票，怎么去托运行李呢？"珊瑚看着我。

我一拍额头："完蛋！诚哥那呆瓜！快，咱俩快回托运区！"

我拉起珊瑚的手就想往回走，可是珊瑚却一动不动地站在那儿："你才是呆瓜！"

这时，我看见诚哥一脸轻松地走过来，在我们面前摆出一个"OK"的手势。他从身后拿出了那只埃菲尔铁塔许愿瓶，在珊瑚面前摇了摇："喏！这个别忘了。还有，我这个活导游，免费的，能白用别不用呀！"

珊瑚转过脸背对诚哥摇头笑，可手指却一直在脸上抹。

"走吧，从今以后你再也没机会一个人过安检，一个人上路看风景了！"诚哥走过去，推着珊瑚的肩膀去安检。原来大宅男早就买了飞机票,这些行李也是他们一起旅行的必备品。看来这次,宅男要和单身生活说拜拜了。

安检口,诚哥忽然停下来,从上衣口袋里掏出车钥匙,回头扔给我,一脸坏笑:"别忘了到时候来接我和珊瑚,机场停车费那么贵,我可不会给你报销,不过我会留着以后请你喝我们的喜酒的!"

我都看傻了,原来这小子早有预谋,真是无利不起早!

后来,我在珊瑚的朋友圈看到她与诚哥的合影,他们终于站在了真正的埃菲尔铁塔下,贴面含笑,幸福洋溢。上面的配文是这样的:

广阔的夜空可以装下整条银河里的繁星,但我的心不比夜空广阔,我的情感也经历不了银河的万载等待。当年,我的心只能装下一个你。

你告诉我,每天把心事和心愿写在彩色纸条上,折成星星,扔进这座玻璃制成的埃菲尔铁塔里,你就会在看见埃菲尔铁塔却看不见我的日子里,每天收一次信,数一遍星,然后懂我的思念,懂我爱你的心。

你说有一天你会回来,要回这个埃菲尔铁塔,然后补偿我所有的想念,给我我要的最好的生活。可如今这个埃菲尔铁塔已经装满了,你食言了,你没回来。如今这个埃菲尔铁塔也不小心摔碎了,你是否感觉有微风拂面,湿了双眼呢?

对不起,我不是铁娘子,我扛不住这些漫长辛苦的等待。

是呀,我得告诉你,我们之前经历的都不是最倒霉的!

失去我,才是你一生最大的倒霉事。

那些比说"我爱你"更炫酷的事

前段时间,一个学妹在网上问我,什么才是爱情中最炫酷的事,我一时间不知道怎么回她。这时她却一脸得意地告诉我说,最炫酷的事就是恰巧遇见一个颜值爆表的"小鲜肉",又恰巧对方单身,还恰巧"小鲜肉"吹拉弹唱样样在行,文艺且不"花瓶",再恰巧"小鲜肉"给你来个"壁咚",对你说:"我爱你!"

我听完哈哈大笑:"要不我们聊聊恰巧我的股票买哪只哪只就涨停这事吧!"

学妹反问:"难道我说的不炫酷吗?"

当然,我有一件比最炫酷更炫酷的事,而且还没那么多恰巧。

山河快结婚了,秘密发短信,绕道发请柬,暗度陈仓,结个婚弄得像拍谍战片一样,生怕被锦绣这丫头知道。

可就算这样,终究是百密一疏,锦绣还是知道了。

锦绣是山河的前女友,对山河用情至深,山河和锦绣分手那会儿,锦绣差点进了精神科。

我们都为锦绣捏把汗。锦绣从小无父无母,被奶奶带大,后来奶奶也去世了,更加孤苦伶仃。锦绣属于先天性安全感严重缺失,幸亏这些年结识了我们这群没心没肺的乐天派死党，也算是她小小世界里的温暖。

山河与锦绣都是我们的朋友，曾经在我们眼中，锦绣和山河是绝配。山河很浪漫，懂得如何把爱情调制得醉心迷人；锦绣人如其名。两人可谓是郎才女貌，我们一直调侃，"锦绣山河"这名字多好听。

可这些都是我们的美好希冀，现实往往难遂人愿。

锦绣的情伤着实不轻，山河也多次拜托我们几个帮忙照顾。其实大家心知肚明，对锦绣最好的照顾就是不分手或者没爱过。

但恰恰这两点都已经不可能了。

于是我们只好日夜轮流看护锦绣，生怕一个闪失就和她天人永隔。

那是一段我们都不愿回首的往事，为了劝锦绣，我们几个几乎快成了哲学家、国学大师，灌鸡汤更成了每日必行的加餐。还好上天有好生之德，锦绣的状态渐渐恢复。

可就在这个节骨眼上，山河要结婚了。

得知山河婚期将至这事后，我们几个坐在一起开了一个小会，情况危急，"锦绣救援小组"只好再次火速成立。

秉着"救人一命胜造七级浮屠"的原则，绝不能让锦绣这破罐子再摔着，否则就真粉身碎骨、香消玉殒了。

蓝天继续陪锦绣去写生采风，画最广阔的蓝天。

可蓝天摇头说："不行啊，我这边正准备画展呢，关乎未来的美术之路和艺术生命长短。"

不行，蓝天是不可或缺的成员之一，必须到！

李斯坦继续弹李斯特的钢琴曲《爱之梦》给锦绣听。

李斯坦面露难色，喏喏地说："其实我也有困难，这周我得去上海参加一个音乐论坛开幕式，国内外不少名家都去，机会难得。"

不行，李斯坦是不可或缺的成员之一，必须到！

而我则继续"煲鸡汤"——其实这段时间我正在筹备新书，日夜颠倒，睡眠严重不足，别说"煲鸡汤"激励人了，连照看一会儿都需要用火柴把眼皮支起来。

我们三个都沉默了，互相斜睨着对方，像是患了什么隐疾的病人在期待和尴尬中等着被对方一针见血地说中要害。

"我有时间，你们先忙吧，这段时间我来照顾锦绣。"小华在一旁自告奋勇。

小华在"锦绣救援小组"属于最具"路人甲"气质的那个，默默无闻，没主见，嘴特笨。他不像蓝天会画画，也不像李斯坦弹得一手好钢琴，更不擅长"煲鸡汤"。小华什么都不会，充其量只能做个配角打打下手。

可小华唯一比我们略胜一筹的便是时间，他是我们中最早认识锦绣的，据说从高中时就像是锦绣的小跟班。

我们仨认识小华，也是通过锦绣。

就是这样的小华，不会画画，不会弹钢琴，嘴笨人闷，"锦绣救援小组"里最没存在感的"路人甲"，这次却要我们把锦绣交给他。

我们仨拼命摇头。

说实话，把人交给小华，比锦绣一个人更让我们提心吊胆。

记得锦绣刚失恋那会儿，山河玩失踪，那天又赶上我们三个都有事，只好让小华一个人去照顾锦绣。

刚开始一切正常，锦绣还算安静，后来不知道哪根神经搭进往事的漩涡里，情绪忽然就上来了。

失恋的人大多这样，在若有所思中若有所失，翻滚在记忆深渊的边缘，随时都有坠落的可能，锦绣也是如此。

她忽然问一直呆呆坐在她身边的小华——其实小华总是那样，让他去看着锦绣，他就真的只是看着，目不转睛、寸步不离地看着，什么都不会说，什么也不去做，就那么看着，别说锦绣，我觉得正常人都能让他盯出病来——锦绣问小华，眼神却又好像是在自言自语："你去过旋转餐厅吗？"

小华"嗯？"了一声，慢慢地摇了摇头。

"那你陪我去旋转餐厅吧。"锦绣起身去穿外套。

小华不说话，只会一路跟在锦绣后面。

旋转餐厅是这座城市最高的地标建筑，高耸入云，鸟瞰整座城市，被我们戏称"东方小明珠"。

大家都以为两个人是去吃饭，可没想到，两个人竟偷偷攀上了旋转餐厅顶层的外围护栏，迎着风，面朝夕阳。这是山河许下过的承诺，钻石配夕阳，钻石代表永恒，夕阳象征白头，多好的未来啊，可如今早已物是人非。

锦绣的眼泪被风吹向后面，钻进耳朵里，风声变得更大了，呼呼隆隆把世界上好多纷杂声都淹没了。

"你在哪儿！"锦绣向风喊。

小华站在旁边一声不响，他得看着锦绣。

"我怎么办！"锦绣向血色的夕阳喊。

小华脱下外套披在锦绣身上。高处不胜寒，高处就是能让人莫名感觉到孤独，如今锦绣心底的孤寂，小华能够感同身受。

当我们赶到时，锦绣和小华正蹲在旋转餐厅的保安部里。锦绣身上披着小华的外套，头深深埋进膝盖。小华双手搓着肩膀在锦绣旁边哆嗦，不知道是冷的还是吓的。

旋转餐厅的室外围栏是绝对禁止攀爬的，结果两个人被当成了殉情的苦命鸳鸯，引来了众多围观群众，也着实吓坏了旋转餐厅的保安部。

保安部给我们打电话，让我们十分钟之内来"赎"人，不然就要移交公安机关。

回去的路上,我们越想越怕。以锦绣的情绪状态,平时在家都让人不放心,小华竟然敢陪她去那么危险的地方看夕阳流眼泪,这要是有个万一,后果简直不堪设想。

小华还在等着我们仨的同意,眼神恳切真诚。

我淡淡回了句:"小华,你忘了吗,你已经被锦绣拉黑了,近不了她的身!"

小华如梦方醒,看着我们:"是啊,那怎么办啊?"

"这能怪谁?哪有你这样的!"蓝天白了小华一眼。

"就是,锦绣明显是食肉动物啊,只有你,把人家当兔子喂!"李斯坦也在一旁煽风。

这事是这样的,锦绣有胃病,很多人都知道,失恋后饮食不规律,酗酒成性,胃病更严重了。我们几个都是"黑暗料理"界的奇人异士,做不了美食更煲不出养生汤,所以只能陪锦绣一醉方休。

小华酒量最差,所以他另辟蹊径,学起养生食谱,每天拎着一个三层高的饭盒去找锦绣。

最上层是凉菜,本该爽口开胃,可总是被小华做得又咸又涩。

第二层是荷塘小炒,本该色泽清新,小华做的总是卖相不佳,让人看一眼就食欲全无。

第三层是养生汤,应该温和香浓,可小华的养生汤总是带着一股刷锅水味道。

后来,小华更是把锦绣家里的酒都藏了起来,锦绣酒瘾发作乱发脾气时,小华的三层铁饭盒便首当其冲,成了泄愤工具,被摔得"满目疮痍"。

不知道从什么时候开始,小华竟然记下了锦绣所有买醉场所,无论她躲在哪个角落喝酒，小华都能找到她，堪称神技。

起初锦绣还以此为乐，像是个玩捉迷藏的孩子。可思念越汹涌，就越想靠酒精平息，锦绣也越来越没有耐心和小华玩这种游戏。后来小华越是阻止，锦绣越是要喝，终于有一天，锦绣彻底和小华绝交。

锦绣本以为终于可以肆无忌惮地豪饮买醉了，可小华消失后，酒竟也变得寡淡无味，就剩下一股酸苦的味道。

在被拉黑的那段时间，小华一直在钻研厨艺，一不小心竟然拿了几个社区的美食会一等奖，力压各路家庭主妇、厨娘大妈。

迫于情况紧急，我们俩又都各有各的难处，不如冒险让小华再去试试，大不了就是吃顿闭门羹呗！

没想到，小华再出现在锦绣面前的时候，锦绣还是让他进门了。拉黑归拉黑，一见面锦绣就笑了，小华这憨劲儿还真让锦绣怒不起来，像是一拳打在了棉花上。棉花就是这样，打累了就想靠一靠，又软又舒服，还挺暖和。

"你怎么又来了？谁让你来了？"锦绣强忍着不让自己笑出声。

"哦……我得看着你。"小华这嘴笨的。

"哈哈，行！那你就看着吧。"锦绣还是没忍住，伴着银铃一般的笑声跑进了衣帽间。

不一会儿，锦绣出来了，身上穿着一件洁白的婚纱。小华坐在那儿目不转睛地看着锦绣，看得傻眼了。

"好看吗？"锦绣转了个身问小华。

小华张着嘴好半天，才用力点了一下头："嗯！"

"能不好看吗，足足花了我未来好几年的酒钱呢！"锦绣在镜子前裙袂飘飘，身姿曼妙。

小华真是醉了，是陶醉的"醉"。

可谁也没想到，山河婚礼当天，锦绣居然穿着那件婚纱出现在我们面前，明显是来砸场子的。

深知事态严重，我们几个迅速组成了婚礼现场的"马其诺防线"。但"马其诺防线"注定是要被绕过的，就在山河即将亲吻新娘的那一刻，锦绣出现在了后台，而且跃跃欲试，似乎准备要登场亮相了！

看来阻止也来不及了，我们仨齐刷刷地闭上了眼睛，不敢看即将发生的事。

就在这千钧一发之际，一个黑影忽然蹿上台，撞进一对新人中间，吓傻了山河和新娘，也吓停了锦绣的脚步。

我们仨连心脏都吓得漏了一拍。

不是别人，正是小华！

小华西装革履，也新做了发型，刮了胡楂儿，打扮得大方得体。他看着山河，一手夺过司仪手里的话筒，旁边司仪早已呆掉了，毫无反抗。

"曾经我深爱你，爱到可以放弃所有，只为了换回你那句'我愿意'。因为你的离开，我精神恍惚被请进了精神科，我酗酒成性只为换来几小时不清醒的现实，还有我的胃，它绞痛翻滚，可吃再多药心里的痛也治不了。我想我爱你得有多深啊，深到它给我带来的痛那么剧烈，那么漫长……"小华举着话筒，对着山河深情告白。

"Oh my God！小华这是被附体了吗！"李斯坦简直不敢相信眼前发生的一切，不仅是他，在场的所有人都是。

锦绣原本迈上去的一只脚又退了下来，在后面泣不成声。

小华继续说："如今你已经确定自己很幸福，而且这段幸福和我半毛钱关系都没有，所以我今天来是要告诉你……"

说到这时，小华忽然走向后台，伸手将锦绣拉出来。全场哗然，山河腿抖得快跪下了。

小华揽过锦绣的肩头靠在自己胸前，锦绣也蒙了，一时间回不过神来。

"再见，以后再也不见了。"说完拉起锦绣的手就往外走，小华走得步履轻盈，春风得意，就像凯旋礼上的舞步。

锦绣被小华拖出婚礼现场，一出大门就甩开小华的手："疯子！疯子！"锦绣气得一边跑一边哭，小华无声地跟在后面，寸步不离。

"别跟着我，以后别让我再看见你，绝交！"

小华不说话，低着头继续小碎步跟进。

"别跟着我，全让你毁了！"锦绣怒不可遏，转过身用手指着小华。

"你没事吧？"小华又恢复了憨傻的状态。

"听着！你别跟着我！"锦绣越走越快。

转过街角后，锦绣依旧听见身后有脚步声，猛地回过身指着后面的人："别跟着我……"锦绣只说了半句话，她发现小华并没有跟上来。身后的路人被她吓得一哆嗦，像看怪物一样从锦绣身边走过。

锦绣的手就那么悬在半空。这种感觉，就好像一脚踩空一样，比亲眼看见山河亲吻新娘还复杂，还失落。

谁都没想到大闹婚礼现场的人竟然是小华，还差点上了第二天的报纸头条，最后还是蓝天动用了报社的关系，才把这件"奇闻"拿了下来。

我们谁也没找到小华，都以为他一定是找了个地缝躲了起来。

然而中午时分，小华出现在了锦绣单位门口的长椅上。他坐在那儿，手里捧着饭盒，还是那个三层高的普通金属餐盒，外面的铁皮坑坑洼洼，一看就是历经磨难……

最上层放少许凉拌菜，酸酸甜甜很开胃。

中间是荷塘小炒，特别清新，胡萝卜和西兰花精巧地搭配点缀，卖相好评。

最下面是滋补汤，小华从不放米饭进去，因为锦绣胃不好。

锦绣看见小华的时候，抿着嘴强忍着从心底泛起的笑："你怎么又来了？谁让你来了！"

小华站起身，支支吾吾半天，说了句："我得看着你。"然后自己先笑了。

锦绣终于忍不住笑出声来："哈哈，那你就看我一辈子吧。"

小华张着嘴半天说不出话，眼泪都快流出来了，用力地点头："嗯！"

"哎呀，我都快饿死啦！"锦绣一步上前，夺过小华手里的饭盒，另一只手挽起小华的手。

哦，忘了告诉你们，小华姓年，全名叫年华。"锦绣年华"这组合其实也不赖呀！

人说"人生难得一知己"，也有人说"陪伴是最长情的告白"。

所以，若是你身边有这样的人，这样懂你陪你的人，算不算是一件比说"我爱你"更炫酷的事呢？

后记
生活就是一本书，这是属于我们的故事

其实在写整本书的后记时，我有些犹豫。

确切说，我不知在后记里写上我们的写作历程，是否会让读者觉得有些矫揉造作。但经过一些时间的思考，我还是打算写出来。

简单来说，整本书由五个章节构成，分别涉及梦想、人生、亲情、友情、爱情等方面。当初我与孙玮谈起这本书的核心价值观的时候，我一直在想，如何让书在如今铺天盖地的故事合集大潮流中脱颖而出呢？

孙玮说，我们是男女合著，这就是卖点。

男女合著，顾名思义，有男生的热血，也有女生的细腻。

我给孙玮发了个笑脸。随后我也恍然大悟，其实，我们的生活就是一本书。

主角一直是我们，每一件事都是真实的，每一个人都是故事。

前些时候有个读者私信我，她说她非常羡慕我的生活：有自己朝九晚五的工作，业余做杂志，办个人原创公众号，还策划图书，等等，俨然是一个能把事事都处理得妥妥帖帖的女强人。

她说她非常热爱文字，热爱写稿，是个文艺女青年，但她现在很矛

盾。情感上是希望有天可以和我一样，在自己的梦想道路上不断追逐，而且略有成就；但理智上让她很难从工作中超脱出来。她觉得自己无法平衡工作与爱好的关系，因为每天回家就已经晚上七八点，洗洗漱漱，只想着尽快休息，自己太辛苦了。

她问我，有没有一种方法，可以使她挤出的这些难能可贵的时间"用在刀刃上"，有一些小小的成就最好。否则对于她来说，本身生活已经很糟糕，还要去探索未知的梦想，会变得更加不知道怎么办了。

我立马回复她：既然你有这些顾虑，那么你刚才说你有多热爱你的文字，全部是瞎扯，或许，对于你的爱好，你没有你想象得那么喜欢。

她没有争辩，良久，淡淡地回了一句：谢谢你，我想我知道怎么做了。

我没有告诉她该如何做，我只是点醒了她，不要被自怜情绪所麻痹。

人总有一种"自己感动自己"的病，其实自己没做什么事，却觉得自己好像很辛苦，应该犒劳一下了。

例如，每次下班回家，你有没有一种心理暗示：今天忙了一天了，好累，晚上就不要开工码字了，或者晚上就不要读书复习了，看个剧，然后洗洗睡吧……

你以为你给自己难得放一个假，就会真得达到早睡的目的，却不知，看剧又看到了凌晨，这夜，似乎过得一点也不轻松啊。

同样是个不轻松的夜，别人却比你多写了几千个字，复习完了老师白天的功课，看了一本一直没时间去看的书……

其实，你只是自己把自己想得太伟大了。

很多时候，自己的人生都是被这样的"嗯，自己辛苦了"的自怜给断送了。

有些人说，我没有自怜啊，我有梦想啊，我想着我以后是一个大作家，有无数个新闻发布会，台下有很多记者举手，然后我会因为一个记者问了一个择偶标准的问题而呼吁广大读者：来做我的女朋友啊！

对于这样的想法，我只想说：好走不送。

白日做梦谁不会？

很多人都是这样，信誓旦旦追逐梦想，却只是纸上谈兵，什么也拿不出手，于是便为梦想无法实现找了诸多借口。

其实，不是梦想无法实现，而是你没有为梦想提供驻扎点。

又有一些人问我，梦想实现是什么？

开一个咖啡店属于梦想实现吗？去布达拉宫属于梦想实现吗？

我会摇头对你说：这些是追求的拥有，而非梦想的实现。

理想很丰满，现实很骨感。

很多人在一生中，完全不知道自己要什么，完全不知自己的梦想是什么。这是一件多么可怕的事。于是在社会里饱经沧桑后，他们突然说出了一句：我的梦想是与世隔绝，在一个荒无人烟的地方，面朝大海，春暖花开。

可是亲爱的，这是现实的逃避，是你渴望逃离如今的生活的愿望，这些渴望映射在你脑海里，变成了你的所谓梦想。不可否认，这样的"梦想"如果实现了，那也是一桩美事，可过段时间，你还是会继续烦恼，苦闷，不知道你的梦想是什么。

因为你想的这一切，并不是你真正心底渴求去追逐，去挖掘自我价值的愿望。

我有个同事，他的女儿读大四，快要实习了。

我问他：你有问过你女儿以后想做什么工作吗？

他尴尬地笑了笑：没有，稳定点就好了。

我继续问道：那她有什么喜欢的吗？

他对我挥了挥手：谁知道呢？女孩子嘛，随便找一个工作得了，最主要是找个好老公，嫁得好才是女人的归宿啊……工作什么的，一点不重要。

我立马噤声。连自己的未来规划都没有，只希望依靠男人，这样的婚姻，这样的生活，该如何变成他口中的"嫁得好"？

生活毕竟是为了自己而过。

周星驰说，做人如果没有梦想，那跟咸鱼有什么分别？

何为梦想？

梦想是自我的较量，是造就更好的自己，而不是超过别人。

成功从来都不是一蹴而就，千万不要和别人去比较，努力不是要超过前面任何一个具体的人，也不是和优秀的人360度无死角地去攀比，而是与自己内心的一场博弈。

现在已是午夜，我仍在敲着键盘，为的是呈现更优秀的作品给大家。那么，看完整本书的你，如果有一些启发和触动，我们将万分感激。

最后，不管是梦想也好，人生也罢，甚至是处理爱情、亲情、友情时，我们都要不断地完善自己。千万不要试图拿自己的想法强加在别人身上，去改变别人，反而容易弄巧成拙，适得其反，一错再错。

要知道，你能改变的，只有你自己。

而你自己选的路，不管如何，你都要撑下去。

因为撑下去后，你的眼前将不再一望无际，而是会有森林和绿洲。

我亲爱的朋友,希望你们在人生路上幸福美满。

愿天下所有的人,都能与内心的自己,相依而生,合二为一。

最暖你的知己

眷尔